·诗的秘密·

学霸笔记

姓名 ____________

日　期	标　题
要点摘记	**阅读笔记**
思考作者的思考，感觉作者的感觉	在《诗的秘密：给孩子的28堂诗词课》一书中，陈正治教授精心挑选了近30首内涵深远、语言浅显的好诗，带着同学们一起细细品读。这些诗同学们可能以前读过、背过，但是对于它们到底好在哪里、诗中藏了哪些秘密，大家未必知道。陈正治教授认为，欣赏古诗不能只停留在诗的表面意思，而是要多从诗的深层意思去思考，应当学会“思考作者的思考，感觉作者的感觉”，从而真正理解古诗的内涵和写法，获得读诗的快乐。
康奈尔笔记法	我们参考康奈尔笔记法为同学们设计了“诗的秘密学霸笔记”。同学们可以按照以下几个步骤完成笔记并进行复习。 1. 记录：阅读过程中，在右侧主栏记录学习内容。 2. 简化：读完一章后，尽快将学习内容中的要点摘记在左侧副栏。 3. 背诵：把主栏内容遮住，根据副栏中的摘记，复述学习内容。 4. 思考：将自己学习的随感、体会，写在最下方的总结栏。 5. 复习：定期复习笔记，先看副栏回忆，再适当看主栏。

学习感悟

① 为什么问**梅花开了没**就是怀念故乡？

杂　诗

［唐］王维

君自故乡来，
应知故乡事。
来日绮窗前，
寒梅著花未？

② **金缕衣**是怎么写的？

金缕衣

[唐]无名氏

劝君莫惜金缕衣，
劝君惜取少年时。
花开堪折直须折，
莫待无花空折枝。

③ **秋夕**中的“卧看牵牛织女星”藏了什么秘密？

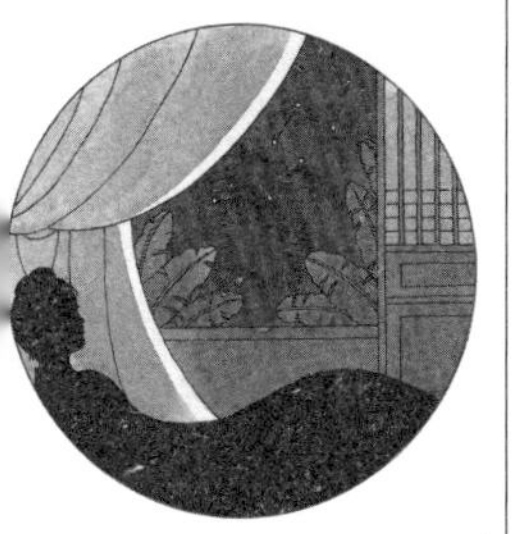

秋　夕

[唐] 杜牧

银烛秋光冷画屏，
轻罗小扇扑流萤。
天阶夜色凉如水，
卧看牵牛织女星。

④ 李绅和范仲淹**悯农**、**悯渔**的理由是什么？

悯　农

［唐］李绅

锄禾日当午，
汗滴禾下土。
谁知盘中餐，
粒粒皆辛苦。

江上渔者

［宋］范仲淹

江上往来人，
但爱鲈鱼美。
君看一叶舟，
出没风波里。

⑤ 白居易**忆江南**的写作秘密

忆 江 南

［唐］白居易

江南好，
风景旧曾谙。
日出江花红胜火，
春来江水绿如蓝。
能不忆江南？

⑥ 杜甫的**春望**在期望什么？

春　望

［唐］杜甫

国破山河在，城春草木深。
感时花溅泪，恨别鸟惊心。
烽火连三月，家书抵万金。
白头搔更短，浑欲不胜簪。

⑦ 陈子昂的**登幽州台歌**要表达什么？

登幽州台歌

［唐］陈子昂

前不见古人，
后不见来者。
念天地之悠悠，
独怆然而涕下！

⑧ 陶渊明**饮酒**诗里的秘密

饮　酒

［东晋］陶渊明

结庐在人境，而无车马喧。
问君何能尔？心远地自偏。
采菊东篱下，悠然见南山。
山气日夕佳，飞鸟相与还。
此中有真意，欲辨已忘言。

⑨ **硕鼠**为什么痛骂大老鼠？

硕　鼠

《诗经·魏风》

硕鼠硕鼠，无食我黍！
三岁贯女，莫我肯顾。
逝将去女，适彼乐土。
乐土乐土，爰得我所！

硕鼠硕鼠，无食我麦！
三岁贯女，莫我肯德。
逝将去女，适彼乐国。
乐国乐国，爰得我直！

硕鼠硕鼠，无食我苗！
三岁贯女，莫我肯劳。
逝将去女，适彼乐郊。
乐郊乐郊，谁之永号！

⑩ 江南藏了什么秘密？

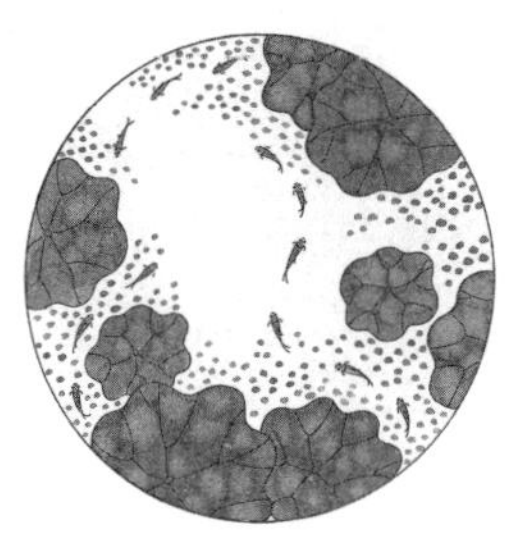

江　南

汉乐府

江南可采莲，
莲叶何田田。
鱼戏莲叶间。
鱼戏莲叶东，
鱼戏莲叶西，
鱼戏莲叶南，
鱼戏莲叶北。

⑪ 苏轼的**不识庐山真面目**藏了什么秘密？

题西林壁

［宋］苏轼

横看成岭侧成峰，
远近高低各不同。
不识庐山真面目，
只缘身在此山中。

⑫ **枫桥夜泊**好在哪里？

枫桥夜泊

［唐］张继

月落乌啼霜满天，
江枫渔火对愁眠。
姑苏城外寒山寺，
夜半钟声到客船。

⑬ 为什么李白不题**黄鹤楼**诗？

黄鹤楼

［唐］崔颢

昔人已乘黄鹤去，此地空余黄鹤楼。
黄鹤一去不复返，白云千载空悠悠。
晴川历历汉阳树，芳草萋萋鹦鹉洲。
日暮乡关何处是？烟波江上使人愁。

⑭ 为什么王之涣的**登鹳雀楼**那么有名？

登鹳雀楼

［唐］王之涣

白日依山尽，
黄河入海流。
欲穷千里目，
更上一层楼。

⑮ 张志和的**渔歌子**要表现什么？

渔歌子

［唐］张志和

西塞山前白鹭飞，
桃花流水鳜鱼肥。
青箬笠，绿蓑衣，
斜风细雨不须归。

⑯ 马致远的**秋思**是怎么构思的？

天净沙·秋思

［元］马致远

枯藤老树昏鸦，
小桥流水人家，
古道西风瘦马，
夕阳西下，
断肠人在天涯。

⑰ **赠刘景文**藏了苏轼的什么秘密？

赠刘景文

［宋］苏轼

荷尽已无擎雨盖，
菊残犹有傲霜枝。
一年好景君须记，
最是橙黄橘绿时。

⑱ 乌衣巷藏了什么秘密？

乌衣巷

［唐］刘禹锡

朱雀桥边野草花，
乌衣巷口夕阳斜。
旧时王谢堂前燕，
飞入寻常百姓家。

⑲ 郑燮竹石的秘密

竹　石

［清］郑燮

咬定青山不放松，
立根原在破岩中。
千磨万击还坚劲，
任尔东西南北风。

⑳ 于谦**石灰吟**的秘密

石灰吟

[明] 于谦

千锤万凿出深山，
烈火焚烧若等闲。
粉骨碎身全不怕，
要留清白在人间。

㉑ 李白怎样送好朋友远行？

黄鹤楼送孟浩然之广陵

［唐］李白

故人西辞黄鹤楼，
烟花三月下扬州。
孤帆远影碧空尽，
唯见长江天际流。

㉒ 白居易的送别诗为什么一直提到草？

赋得古原草送别

［唐］白居易

离离原上草，一岁一枯荣。
野火烧不尽，春风吹又生。
远芳侵古道，晴翠接荒城。
又送王孙去，萋萋满别情。

㉓ 为什么**游子吟**是歌颂母爱的第一名诗？

游 子 吟

［唐］孟郊

慈母手中线，
游子身上衣。
临行密密缝，
意恐迟迟归。
谁言寸草心，
报得三春晖？

㉔ 曹植的**本自同根生**藏了什么秘密？

七步诗

［三国·魏］曹植

煮豆持作羹，
漉菽以为汁。
萁在釜下燃，
豆在釜中泣。
本自同根生，
相煎何太急？

㉕ 朱熹的**观书有感**在写什么?

观书有感（其一）

［宋］朱熹

半亩方塘一鉴开，
天光云影共徘徊。
问渠那得清如许?
为有源头活水来。

观书有感（其二）

［宋］朱熹

昨夜江边春水生，
艨艟巨舰一毛轻。
向来枉费推移力，
此日中流自在行。

㉖ 杨万里的**桂源铺**藏了什么秘密？

桂 源 铺

[宋] 杨万里

万山不许一溪奔，
拦得溪声日夜喧。
到得前头山脚尽，
堂堂溪水出前村。

㉗ 为什么娶亲时要唱**桃夭**？

桃　夭

《诗经·周南》

桃之夭夭，灼灼其华。
之子于归，宜其室家。

桃之夭夭，有蕡其实。
之子于归，宜其家室。

桃之夭夭，其叶蓁蓁。
之子于归，宜其家人。

㉘ 为什么娶亲时也唱**关雎**？

关　雎

《诗经·周南》

关关雎鸠，在河之洲。
窈窕淑女，君子好逑。

参差荇菜，左右流之。
窈窕淑女，寤寐求之。

求之不得，寤寐思服。
悠哉悠哉，辗转反侧。

参差荇菜，左右采之。
窈窕淑女，琴瑟友之。

参差荇菜，左右芼之。
窈窕淑女，钟鼓乐之。

欣赏一首诗，在明白诗的表面意思外，

还要“思考作者的思考，感觉作者的感觉”，

才能获得真正的诗意。

能使读者感觉作者的感觉，思考作者的思考，
就是好的文学作品。

·诗的秘密·

陈正治 著
洪义男 绘

天津出版传媒集团
天津人民出版社

图书在版编目（C I P）数据

诗的秘密 / 陈正治著；洪义男绘. -- 天津：天津人民出版社，2020.6

ISBN 978-7-201-15751-1

Ⅰ.①诗… Ⅱ.①陈… ②洪… Ⅲ.①古典诗歌 – 诗集 – 中国 – 儿童读物 Ⅳ.① I222.72

中国版本图书馆 CIP 数据核字 (2020) 第 009706 号

本书由幼狮文化事业股份有限公司独家授权北京新华先锋出版科技有限公司在中国大陆独家出版、发行中文简体字版本。

著作权登记号：图字 02–2020–41 号

诗的秘密

SHI DE MIMI

陈正治 著　洪义男 绘

出　　版　天津人民出版社
出 版 人　刘　庆
地　　址　天津市和平区西康路 35 号康岳大厦
邮政编码　300051
邮购电话　（022）23332469
网　　址　http://www.tjrmcbs.com
电子信箱　reader@tjrmcbs.com

责任编辑　张素梅
封面设计　吴黛君

制版印刷　大厂回族自治县德诚印务有限公司
经　　销　新华书店
开　　本　889×1194 毫米　1/24
印　　张　7.5
字　　数　50 千字
版次印次　2020 年 6 月第 1 版　2020 年 6 月第 1 次印刷
定　　价　69.00 元

版权所有 侵权必究
图书如出现印装质量问题，请致电联系调换（022–23332469）

自序

不学诗，无以言

陈正治

中华民族是诗的民族。从古至今，有名的诗人达好几千人，好的作品更是千万首。近三千年前的《诗经》，便是孔子教学生的教材。他除了说“诗可以兴，可以观，可以群，可以怨。迩之事父，远之事君，多识于草木鸟兽之名”外，还说“不学诗，无以言”。前句是说诗的功用，后句的意思是说：不学诗，连讲话都讲不好。

我读小学的时候，背诵过一首唐朝诗人王维写的《杂诗》：“君

自故乡来，应知故乡事。来日绮窗前，寒梅著花未？”听说这是怀念故乡的诗，但是为什么问故乡来的人梅花开了没，不是写王维喜爱梅花，而是怀念故乡呢？我得不到满意的答案。

十八岁时，我到小学教书，在语文补充教材中，我选了好多首《杂诗》这类的好诗介绍给小朋友。虽然我可以翻译出诗的表面意义给小朋友，但是诗的深层意义却没法子介绍。当然，为什么问故乡来的人梅花开了没，不是写王维喜爱梅花，而是怀念故乡，我也没能力解答。

后来我读大学，修了修辞学的课，看了很多诗学的书，慢慢体会出诗人写诗的思考过程和对事物的感觉，终于了解为什么王维问梅花开了没是怀念故乡，而不是喜爱梅花。

广义的诗，包含古体诗、近体诗以及唐宋兴盛的词、元朝的曲，甚至现代的新诗。这些诗可以浅尝，更可以深尝。一般人读诗会觉得这首诗很好，但是好在哪里，却说不出来。这就是“知其然，不

知其所以然”。我在大学里担任修辞学教师的时候，指导大学生欣赏诗，要求他们多从深层意思去思考，了解它的文化内涵，不要只停留在表面意义上。这是培养他们欣赏诗时，能“知其然，也知其所以然”，享受诗的内涵和表达的艺术。

本书选了王维的《杂诗》等近三十首内涵深远、语言浅显、大众熟悉的好诗，尽量采用何寄澎教授说的“思考作者的思考，感觉作者的感觉”的赏诗原则，把内容或写法，深入浅出地表达出来，让读者“知其然，也知其所以然”，得到读诗的快乐，也获得诗的精髓及美妙的写作技巧。在目次的安排上，本书将这些诗分为抒情诗、景物诗、叙事诗三类。考虑少年儿童读者的语言程度，先介绍语言浅显的作品，再介绍语言略深的作品。

感谢为本书出版而费心的编辑们。当然，更应该感谢好友洪义男先生拨冗而作的精美插图。

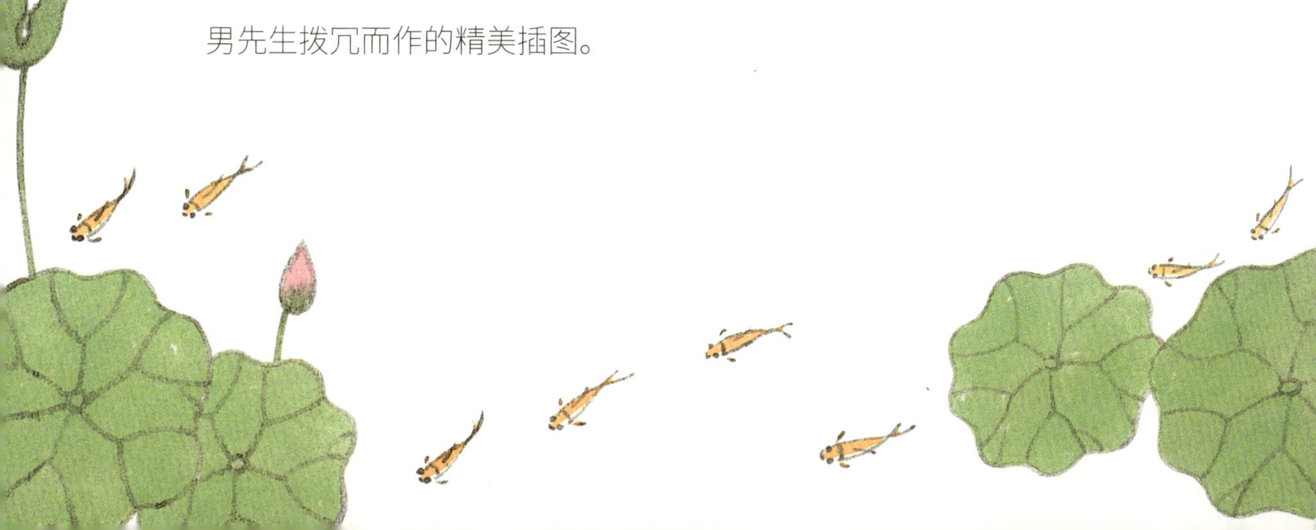

欣赏一首诗，在明白诗的表面意思外，
还要『思考作者的思考，感觉作者的感觉』，
才能获得真正的诗意。

目录

抒情诗篇

叙事诗篇

景物诗篇

抒情诗篇

《杂诗》

《金缕衣》

《秋夕》

《悯农》

《江上渔者》

《忆江南》

《春望》

《登幽州台歌》

《饮酒》

《硕鼠》

① 为什么问梅花开了没就是怀念故乡？

王维是唐朝人，宋朝大文学家苏东坡称赞他是一位“诗中有画，画中有诗”的大诗人。他写了好几首怀念故乡人、事、物的诗，例如：《九月九日忆山东兄弟》及《杂诗》。好多小朋友都背诵过这些诗。

王维的《杂诗》共有三首，小朋友最熟悉的大概是第二首：

杂　诗

［唐］王维

君自故乡来，
应知故乡事。
来日绮窗前，
寒梅著花未？

诗中的词义：绮（qǐ）窗，雕刻精美的窗户；著（zhuó）花，开花。

这首诗的大意是说：你从故乡来，应该知道故乡的事情。你来的时候，种在那精美窗子前的梅花，到底开了没？

许多小朋友都知道这是一首怀念故乡的诗。但是如果有人问："为什么问故乡的梅花开了没，就是怀念故乡？"却没有几个人能回答得令人满意。

久别家乡、怀念家乡的时候，最想知道的是家乡里的人。因此遇到家乡来的人，可能会这样问：

君自故乡来，
应知故乡事。
来日我父母，
身体健康否？

或是：

君自故乡来，

应知故乡事。
来日我女友，
是否已嫁走？

父母、兄弟、朋友都问过了，可能也想知道家乡发生的事情。因此，也许会这样问：

君自故乡来，
应知故乡事。
来日县太爷，
今年可是谁？

或是：

君自故乡来，
应知故乡事。
来日家乡人，

杂诗

唐·王维

君自故乡来，应知故乡事。
来日绮窗前，寒梅著花未？

是否有事做？

人和事都问过了，才会问到物，也就是问“梅花开了没”或“稻子成熟没”等。

王维写作这首诗，省略了问家乡的人和事，直接写下询问家乡“梅花开了没”，这就表示家乡的人和事都已问过，现在连物也不放过，可见怀念故乡的深切。

我们欣赏这首诗，如果也能体会王维写作这首诗的精心设计，那收获就更多了。

诗的小秘密

王维离开家乡很久，看到家乡来的人，便急着问起家乡的情形，可见他多么想念家乡。问家乡的近况，最先一定会问家乡的亲友，属于人的问题，然后问家乡发生的事，最后才会问家乡的一草一木。王维写作这首诗，只问起了“梅花开了没”，省略了人、事的记载，全诗不但更具含蓄美，而且也因为特别加强物的特写，让人更了解王维连家乡的物都关心，可见多么怀念故乡。

② 金缕衣是怎么写的？

大部分老师或家长劝导孩子把握少年时光去做该做的事，都会提到《金缕衣》这首诗。《金缕衣》是谁写的？内容是说什么？它是怎样写出来的？

金 缕 衣

［唐］无名氏

劝君莫惜金缕衣，
劝君惜取少年时。
花开堪折直须折，
莫待无花空折枝。

这首诗有的说不知谁作的，有的说是杜秋娘作的。杜秋娘是唐朝人，十五岁嫁给做大官的李锜（qí）。后来李锜叛变被杀，秋娘被送入皇宫。由于她很有才艺，皇帝命她当皇子的保姆。据说杜秋娘曾演唱此诗，但现在一般认为杜秋娘并非本诗的作者，而真正的作者已不可考。

诗中的词义：“金缕（lǚ）衣”指的是用金线织成的华贵衣服，借代贵重物品或富贵；“堪”是可以的意思；“直须”是就须、就应当的意思；“莫待”是不要等到；“空”是徒然。

整首诗的意思是：奉劝你不必爱惜那珍贵的金缕衣，奉劝你要珍惜年少青春的时光。花儿开得可以摘折的时候就赶快去摘，不要等到花儿谢了只摘到花的枝叶。全诗的内容，主要是劝告年轻人要爱惜光阴，进德修业，以免“少壮不努力，老大徒伤悲”。

这首诗是怎么写出来的呢？写诗的第一要件是决定主题。主题是作品的中心思想，也就是主旨。本诗的作者，以年轻人要珍惜少年时光为主题，并直接把这个意思写在第二句诗里。有的作者决定了主题后，并没有直接把主题写在诗里，而是隐藏在诗句中，要读者自己去发觉。例如王维的《杂诗》，暗藏的主题是怀念故乡。

写诗的第二件事是寻找跟主题相关的材料来表达。找材料要多联想。《金缕衣》要表达少年时光是珍贵的。作者从“珍贵”的词义，联想到珍贵的物品金缕衣。接着进行对比，认为金缕衣不如少年时光宝贵。因为金缕衣破了或失去了，可以再编织一件或用钱买一件；每个人的少年时光只有一次，错过后，千万两黄金也买不回来。

作者找到这个材料说明后，觉得还不够，于是从反面补充说，不珍惜少年时光便后悔莫及。为了证明这句话是对的，作者运用联想，以一般人爱花、采花的事来比喻。当繁花开满枝头的时候，正是摘花的好时机；如果错过了这个时机，等到花谢了再去摘，就只能摘到枝叶了。一个人年少的时候，记忆力好，学习能力强，是求学或学一技之长的最好时机；如果错过这个时机而把精力放在吃喝玩乐或追逐金钱上，等到年纪大了才想学习，那就来不及了。

写诗的第三件事是组织材料并注意文句的妥切。《金缕衣》的作者采用先说理再举证的结构组织材料，效果很好。诗中一再反复“劝君”“惜”“花”“折”

金缕衣

唐·无名氏

劝君莫惜金缕衣，劝君惜取少年时。
花开堪折直须折，莫待无花空折枝。

的词语，语意真诚感人；尤其“堪折”“须折”“空折”的词语，层层变化，使全诗前后呼应，并富回环的音响效果；再加上诗中的韵脚字“时”“枝”又很和谐，使这首诗富有音乐美。这是一首励志的好诗。

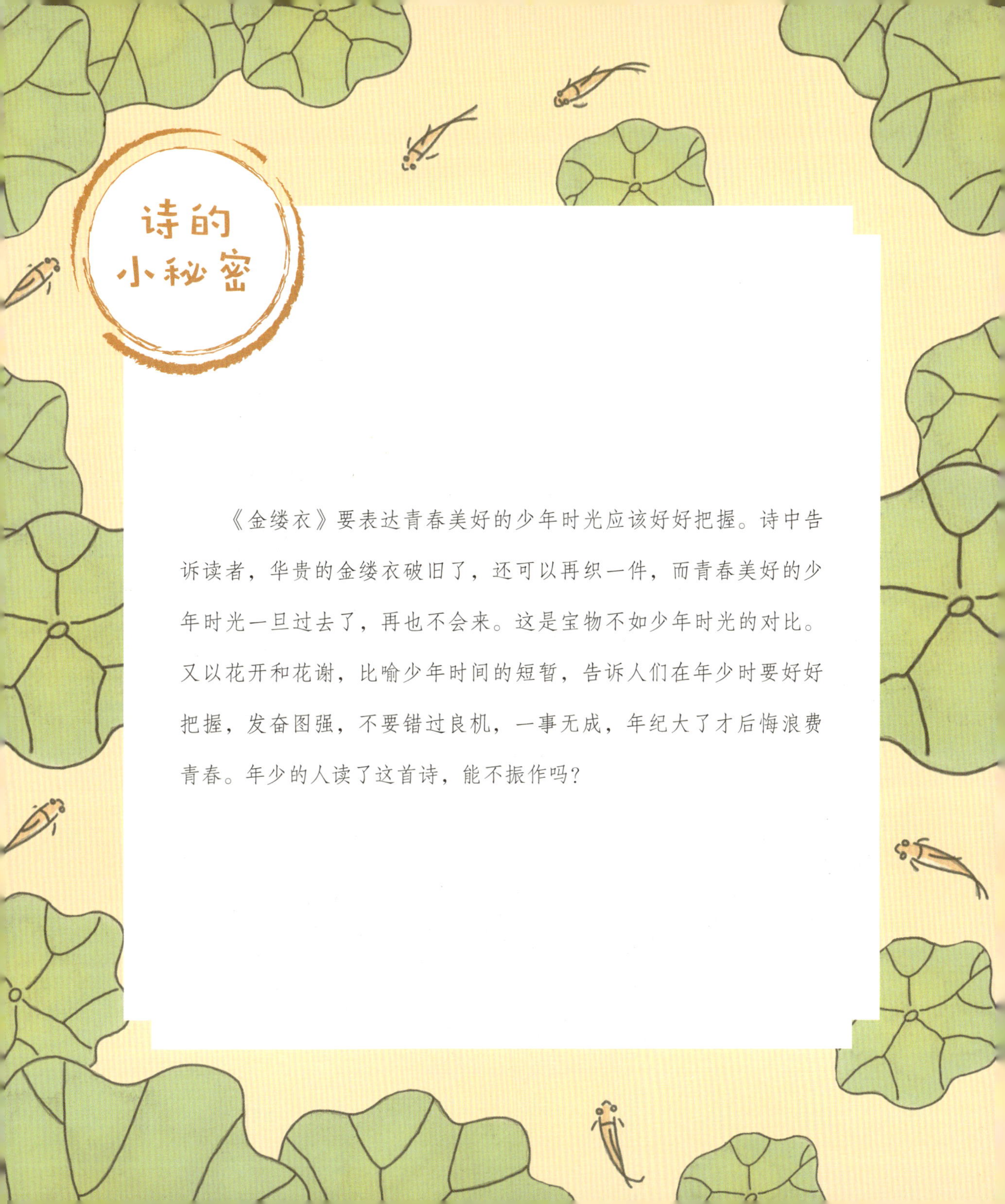

诗的小秘密

《金缕衣》要表达青春美好的少年时光应该好好把握。诗中告诉读者，华贵的金缕衣破旧了，还可以再织一件，而青春美好的少年时光一旦过去了，再也不会来。这是宝物不如少年时光的对比。又以花开和花谢，比喻少年时间的短暂，告诉人们在年少时要好好把握，发奋图强，不要错过良机，一事无成，年纪大了才后悔浪费青春。年少的人读了这首诗，能不振作吗？

③ 秋夕中的“卧看牵牛织女星”藏了什么秘密？

夏天的夜晚，屋里闷热得很，农家的人都会到室外去乘凉。这时候，小孩子除了玩儿捉迷藏、听大人讲故事外，也会追逐、捕捉飞来飞去的萤火虫，或是躺在长椅上望着天上的银河，寻找牵牛星和织女星。如果问他们：“为什么要看牵牛星和织女星呢？”答案也许是：“要看看牛郎和织女是不是相会了？”

唐朝诗人杜牧写了一首《秋夕》，叙述一个少女在凝望牵牛星和织女星。为什么这个少女要“卧看牵牛织女星”呢？

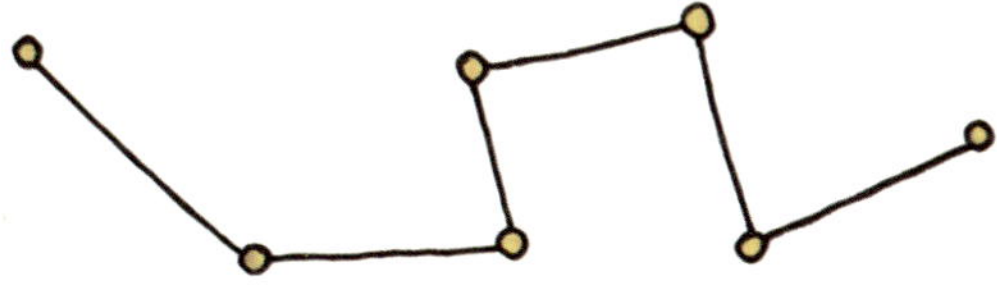

秋 夕

［唐］杜牧

银烛秋光冷画屏，
轻罗小扇扑流萤。
天阶夜色凉如水，
卧看牵牛织女星。

诗中“银烛”，指白色的蜡烛；“画屏”，是绘有图画的屏风；“轻罗”，指轻柔的丝织品；“扑”，是拍打的意思；“天阶”，指皇宫中的石阶；“牵牛织女星”，是银河左右的两颗大星，神话里把它们说成是代表牛郎和织女两个民间故事人物的星星。

诗的表面意思是：一个秋天的夜晚，白色的蜡烛发出微弱光芒，冷冷地照在美丽的屏风上。一个少女拿着丝织的小扇子，在庭院里扑打着飞来飞去的萤火虫。一直到夜色已经清凉如水了，少女还才回房躺着，但是眼睛仍望着天上的牵牛星和织女星。

深入探讨，这首诗要表达的却是古时皇宫后院一个失意宫女孤独、寂寞的哀伤心情。

诗中安排了两个孤寂的场景和两个排解孤寂的行为。

“银烛秋光冷画屏”的诗句里，雕绘图画的屏风是宫中贵重的装饰品，这里暗藏了第一个场景在后宫内的秘密；诗中用“冷”字贯穿，表现了秋夜宫中的凄凉景象。

第二句“轻罗小扇扑流萤”，写宫女拿着罗扇扑打萤火虫的事，这里隐藏的是在这凄凉的场景中，宫女待不住了，因此拿着罗扇到庭院，想排解孤单和寂寞。场景移到了宫外的庭院。宫女居住的庭院，居然成为萤火虫活动的天堂，暗示了君王不来，庭院荒芜，以及宫女在庭院中无事可做，于是追逐萤火虫来度过孤独、无聊的时光。

扇子是夏天用来扇风取凉的，到了秋天天气凉爽便搁置不用。宫女拿着扇子到庭院去，暗示自己被君王遗弃，只好一个人到庭院去扑打萤火虫，排解孤寂。

第三、四句“天阶夜色凉如水，卧看牵牛织女星”，写的是宫女久留庭院，一直到深夜，月光洒在宫前的石阶上，使人感到清凉如水的寒意后，宫女才不得不回到宫内。回到寝宫后，她望着窗外的星空，凝视着银河两旁的牵牛星和织女星。这诗句里藏着什么秘密呢？

神话中的牛郎和织女，虽然每年在七夕那天才能见一次面，却成为宫女羡慕的对象。这不是暗示出宫女的孤单、痛苦和想追求幸福的期望吗？

诗的小秘密

杜牧这首诗，把主题隐藏起来，通过相关的场景和行为，表达宫女的孤单、寂寞和期望追求幸福的心声。每一诗句，都暗藏秘密。这是一首含蓄、委婉的诗，富有艺术美。

④ 李绅和范仲淹悯农、悯渔的理由是什么？

从古至今，描绘农夫、渔夫生活的诗虽然不少，但是能表现他们心声的，似乎以唐朝李绅（shēn）的《悯农》和宋朝范仲淹的《江上渔者》最为有名。这两首诗为什么会这么有名？悯农、悯渔的理由是什么？要知道答案，就来读读原诗。

悯　农

［唐］李绅

锄禾日当午，
汗滴禾下土。
谁知盘中餐，
粒粒皆辛苦。

这首诗里，“悯”是怜悯的意思，“悯农”就是怜悯务农的人。“当午”，就是正午、中午。

“锄禾日当午，汗滴禾下土”，意思是：在中午烈日当空的时候，农夫还在禾田里锄草，一滴一滴的汗，滴落到禾下的泥土上。

正午的阳光最热，一般人都躲到屋里或树下休息，但是农夫为了五谷长得好，还得在烈日下工作。除了太阳高照外，被太阳光炙热的地面泥土，也散出灼人的热气来。农夫在这个地方工作，就像置身在上下火热的蒸笼中一样，不停地流着汗。

李绅要表达农人的辛劳，只选择一幕普遍农人都经历过的烈日熬炼，以及汗如雨下的情景加以特写，就唤起了同情和共鸣。至于农人工作得如何腰酸背疼，以及农作物受到旱灾、水灾的无情摧毁，不必写，也可以令读者体会到农人的辛酸。这就是悯农的理由。

如果我们把“锄禾日当午，汗滴禾下土”当作农人辛苦的证据，后两句诗“谁知盘中餐，粒粒皆辛苦”便是承前的结论。作者采用反问来写，询问吃饭的人有谁知道我们碗盘中的饭，每一粒都是农人辛苦得来的。这样的一问，极为有力，目的是要读者在享受米饭的时候要懂得感谢农人，要爱惜粮食，不要麻木不仁。

描写渔民艰辛的诗，可以范仲淹的《江上渔者》来代表。

范仲淹幼年非常贫苦，了解人民的生活；后来当了大官，仍然关心民生。他的《江上渔者》是这样的：

江上渔者

［宋］范仲淹

江上往来人，
但爱鲈鱼美。
君看一叶舟，
出没风波里。

这首诗没有像《悯农》那样直接描述渔民怎样辛苦，而是说往来江上的达官贵人们，只爱吃鲜美的鲈鱼，却没看到渔民驾着的小船，像一片飘零的落叶，正在汹涌的波浪中，忽浮忽沉，时时有翻覆的危险。

这首诗由吃鱼，想到捕鱼人；由鱼味鲜美，想到捕鱼人的艰辛、危险。没有直接描写渔民的辛苦，却写出了渔民的艰辛，跟《悯农》一样，要大家在享受美味时，不要忘了渔民的辛劳。

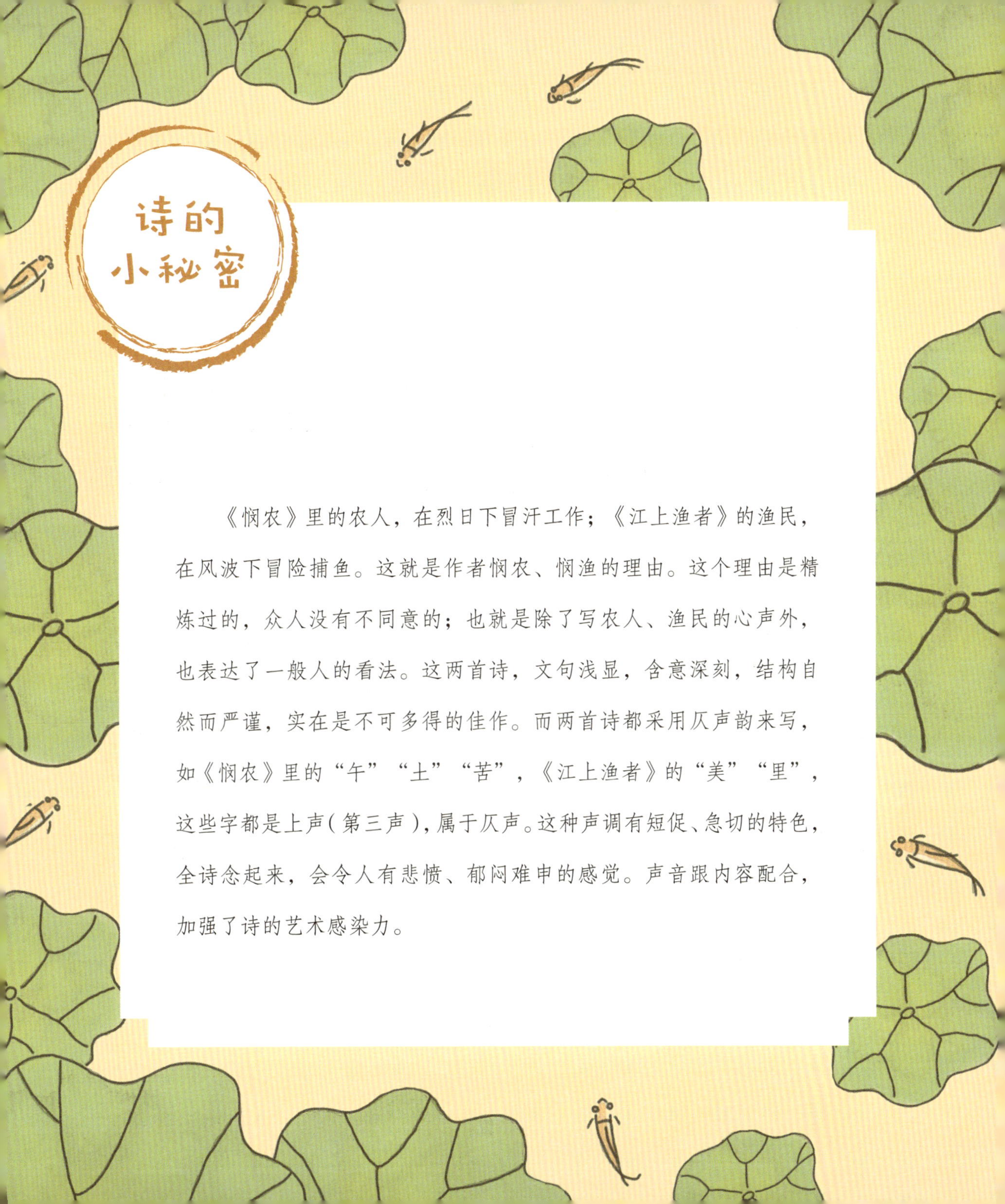

诗的小秘密

《悯农》里的农人，在烈日下冒汗工作；《江上渔者》的渔民，在风波下冒险捕鱼。这就是作者悯农、悯渔的理由。这个理由是精炼过的，众人没有不同意的；也就是除了写农人、渔民的心声外，也表达了一般人的看法。这两首诗，文句浅显，含意深刻，结构自然而严谨，实在是不可多得的佳作。而两首诗都采用仄声韵来写，如《悯农》里的“午”“土”“苦”，《江上渔者》的“美”“里”，这些字都是上声（第三声），属于仄声。这种声调有短促、急切的特色，全诗念起来，会令人有悲愤、郁闷难申的感觉。声音跟内容配合，加强了诗的艺术感染力。

⑤ 白居易忆江南的写作秘密

白居易曾在江南杭州及苏州做刺史，在西湖修筑了人人称颂的白堤。他做了四年后，被调回北方的洛阳做官，一直怀念江南。六十七岁的时候，他写了三首《忆江南》，下面这首词是第一首：

忆 江 南

［唐］白居易

江南好，
风景旧曾谙。
日出江花红胜火，
春来江水绿如蓝。
能不忆江南？

诗中词义：谙（ān），熟悉。蓝，一种叶子蓝绿色的植物。

《忆江南》是词牌名。白居易在洛阳追忆苏州、杭州等江南的地方。江南可以追忆的事或景很多。写诗、写词，由于字数的限制，只能写重点，无法像散文、小说一样写全面。因此，白居易这首词，只挑江南的春景来写。词的大意是说：江南是个美好的地方，那儿的风景，我从前就熟悉了。太阳慢慢升起的时候，红色的霞光照耀在江边的鲜花上，使得花比火还要红艳。春天来的时候，江水碧绿得像蓝草的色彩一样。这怎么能叫我不思念江南呢？

写诗，主要应考虑主题、材料、结构和语言的处理。主题，也就是一首诗的中心思想。对主题的处理，有的诗人把主题直接写入诗中；有的诗人不直接揭示主题，而以景或事来暗示。

白居易在这首诗里要表达的主题是：江南的风景好美。他把主题直接揭示在诗前，一开始就说：江南是个美好的地方，那儿的风景，我从前就熟悉了。

材料是用来验证主题的。白居易以长江为中心线，举了早晨的红太阳、江边的红花和江里的绿水来写。材料能显现主题，很精当。

白居易这首诗的结构是先总后分再强调。“江南好，风景旧曾谙”是总说；“日出江花红胜火，春来江水绿如蓝”是分说江南如何好；“能不忆江南”是强调。

语言上，白居易这首诗的韵脚字是“谙”“蓝”“南”，属于平声韵，念起来令人有平稳、舒适、恬静的感觉。

另外，白居易善于使用衬托的修辞方法。诗的分说部分，以早晨太阳的红光衬托江边的红花，使红花红得胜过火，这是同颜色的正衬；江水的绿，用蓝草作比，使绿色像蓝色一样，这也是同颜色的正衬。这种同色相烘染的叙述，提高了色彩的明亮度。至于“日出江花红胜火，春来江水绿如蓝”这两句，红色和绿色对比，这是异色的反衬，可使红的更红、绿的更绿。

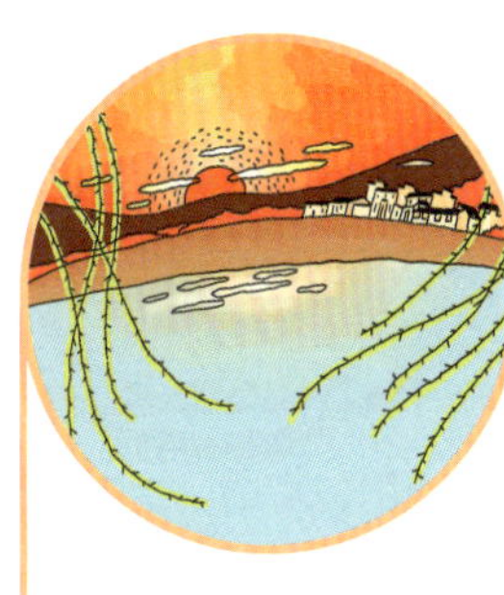

忆江南

唐·白居易

江南好，风景旧曾谙。
日出江花红胜火，春来江水绿如蓝。
能不忆江南？

诗的小秘密

白居易的《忆江南》，主题在词中明白表现出来，材料跟主题密切配合，结构采用先总后分再强调的方式，语言富有音乐性。

这短短的一首词，富有艺术美。后来的词人也有仿他的写法作词的。例如唐朝末年韦庄的《菩萨蛮》：

菩萨蛮

［唐］韦庄

人人尽说江南好，游人只合江南老。
春水碧于天，画船听雨眠。

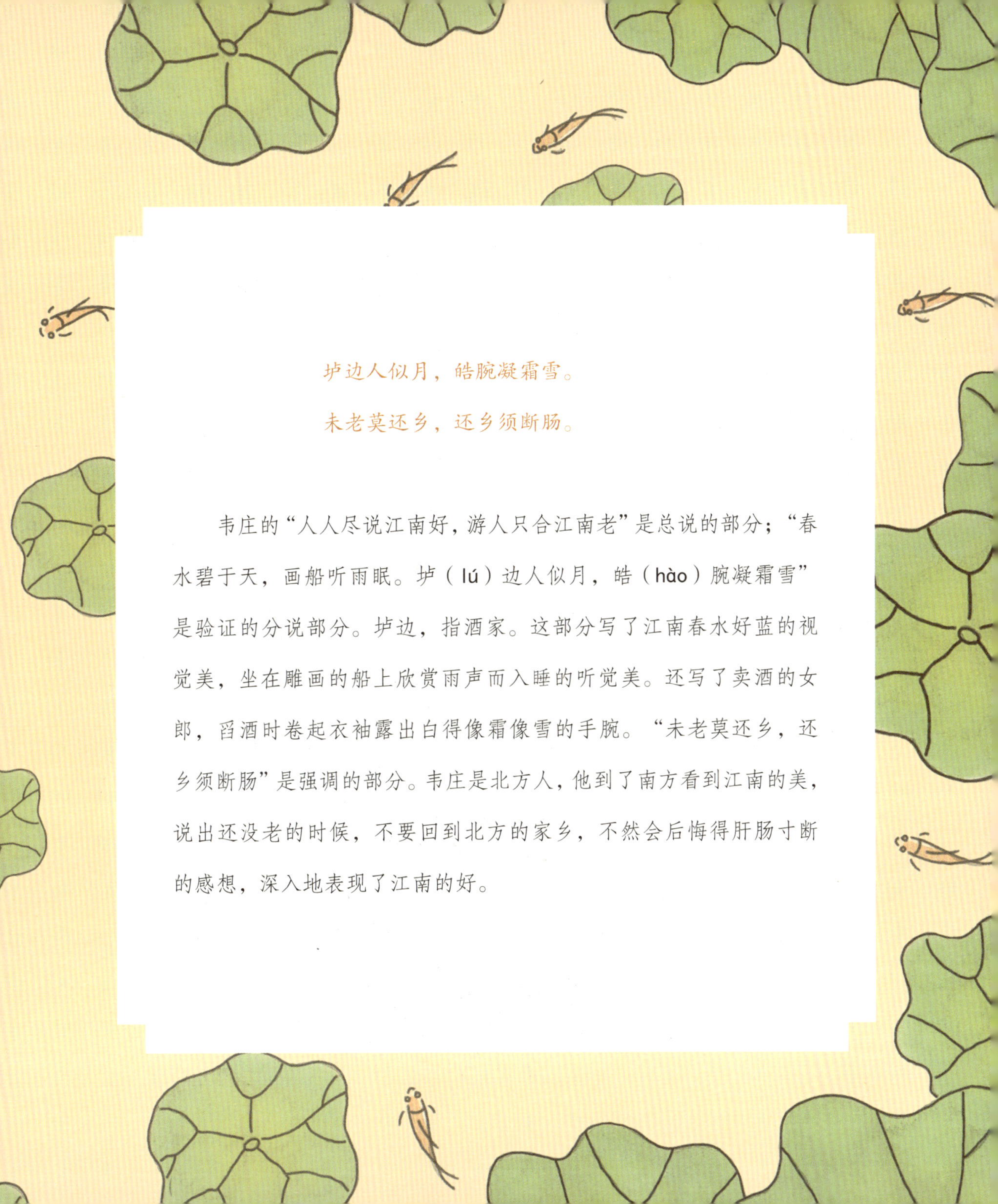

垆边人似月，皓腕凝霜雪。

未老莫还乡，还乡须断肠。

韦庄的“人人尽说江南好，游人只合江南老”是总说的部分；“春水碧于天，画船听雨眠。垆（lú）边人似月，皓（hào）腕凝霜雪”是验证的分说部分。垆边，指酒家。这部分写了江南春水好蓝的视觉美，坐在雕画的船上欣赏雨声而入睡的听觉美。还写了卖酒的女郎，舀酒时卷起衣袖露出白得像霜像雪的手腕。“未老莫还乡，还乡须断肠”是强调的部分。韦庄是北方人，他到了南方看到江南的美，说出还没老的时候，不要回到北方的家乡，不然会后悔得肝肠寸断的感想，深入地表现了江南的好。

⑥ 杜甫的春望在期望什么？

杜甫是唐朝人，有“诗圣”的尊称。他三十五岁时到了京城长安，正逢“安史之乱”的酝酿期，看到了朝廷的昏暗情形。公元七五五年十一月，安禄山叛变，第二年六月，进攻长安，唐玄宗皇帝逃去四川。太子在灵武（今属宁夏）即位，就是肃宗皇帝。杜甫投奔肃宗，不幸半路被叛军俘虏，押送长安城。

公元七五七年三月，困居长安的杜甫，看了周遭景物后写了《春望》这首诗：

春望

［唐］杜甫

国破山河在，城春草木深。
感时花溅泪，恨别鸟惊心。
烽火连三月，家书抵万金。
白头搔更短，浑欲不胜簪。

读过这首诗的读者，大概都知道杜甫在春天里看到山、河、草、木、花、鸟的景物。至于这首诗要表达什么意思，恐怕不是每个读者都知道的。这首诗借景抒情，写出了诗人忧国思家的心声。

诗的第一句“国破山河在”，表面意思是国家遭战火破坏，然而山、河还存在。深层意思是婉转地表示，国家在战火中除了破坏不了的山河还在以外（唐朝时打仗靠刀、枪、箭，不像现在有大炮、原子弹，可以把山打平、让河流改变），其他可以毁坏的东西都毁坏了。这句话婉转地写出国破的惨状，比写“国破乞丐在”还凄惨。

第二句“城春草木深”，表面意思是长安城到了春天，草木长得又高又茂盛。深层意思乃是写战乱中，长安城的人，逃难的逃难，被杀的被杀。路上没人走路，草长出来了；路旁的树没人整理，枝丫繁茂。这句诗把城里到处荒芜的景象写出来了。

第三句“感时花溅泪”，表面意思是我感伤时事，连看到花儿都会掉眼泪。深层意思是说现在是战乱，人们已经没闲情看花了；即使看到花，反而怀念以前太平时期而更悲伤。看花可以使人心情愉悦，现在却令人悲伤，这是采用反衬的修辞方法，以性质相对的客体，衬托本体事物，使悲伤更深。

第四句“恨别鸟惊心”，表面意思是想到跟家人拆散的遗憾，连看到鸟儿都会吓得胆战心惊。深层意思是想到两军作战，栖息在树上的鸟儿都被惊扰得四处乱飞；现在我看到鸟儿飞起，便以为拆散家人的战事又来了。

第五句“烽火连三月”，表面意思是战争已经持续到今年三月份了。深层意思是战争进行了好久，战火到现在还不停。

第六句“家书抵万金”，表面意思是能收到一封家书，值得上万两黄金。深层意思是急切挂念家人的安危。

第七、八句“白头搔更短，浑欲不胜簪（zān）”，表面意思是我头上的白发越抓越少，简直要插不住簪子了。深层意思是我烦恼得头发变白、变少了，快没办法插上簪子了。杜甫当时是四十五岁左右的中年人，不该老到这样的地步，诗句中含蓄地写出烦恼的过度。

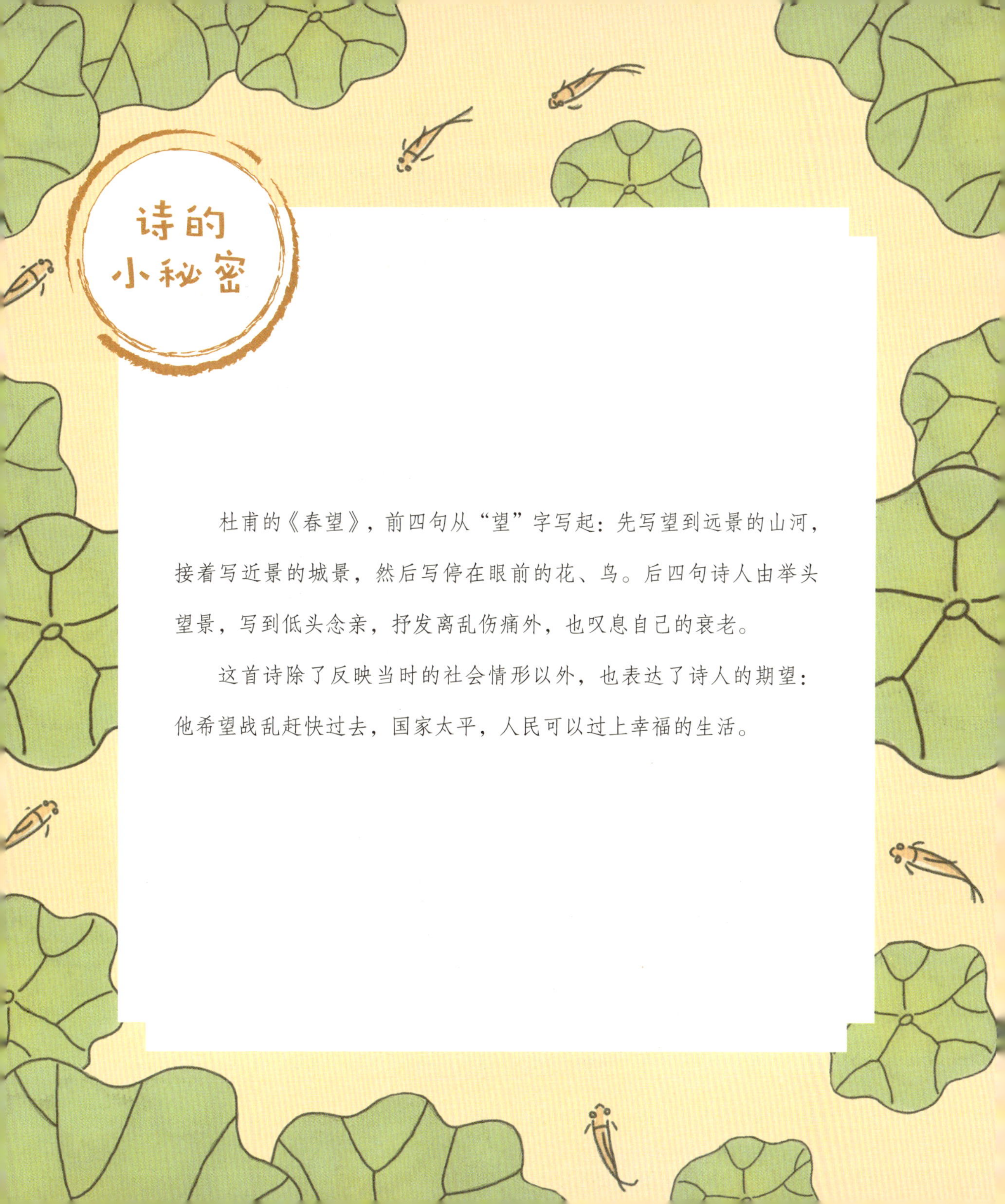

诗的小秘密

杜甫的《春望》，前四句从“望”字写起：先写望到远景的山河，接着写近景的城景，然后写停在眼前的花、鸟。后四句诗人由举头望景，写到低头念亲，抒发离乱伤痛外，也叹息自己的衰老。

这首诗除了反映当时的社会情形以外，也表达了诗人的期望：他希望战乱赶快过去，国家太平，人民可以过上幸福的生活。

⑦ 陈子昂的登幽州台歌要表达什么？

登幽州台歌

［唐］陈子昂

前不见古人，

后不见来者。

念天地之悠悠，

独怆然而涕下！

陈子昂是唐朝人，他是一位杰出的诗人，对军事、政治都有很好的见解。

公元六九六年，他随大将军武攸宜北伐契丹，担任参谋。大将军本身没才干，又不采纳参谋意见，因此打了败仗。陈子昂再提出建议，不但不被采纳，反而被降职。陈子昂接连受到挫折，心情郁闷，登上幽州台，吟出了这首诗。幽州台也即蓟（jì）北楼，原址在今北京市西南方。这首诗表达了许多人怀才不遇的心声，语言精练、富有节奏美，语意含蓄、富有张力，因此很受后人的喜爱。

这首诗的第一句“前不见古人”，表面意思是说我登上幽州台往前看，没看到古代的人。其实这句话还另有深意，他要说的是：我登上幽州台往前看，现在已经看不到古代能重用乐毅将军而大败齐国的燕昭王了。

“古人”表面意思是“古代的人”，其实陈子昂要表达的是能礼贤下士的古代君主。幽州台是战国时燕昭王为招纳贤士而建造的。燕昭王重用乐毅将军，把齐国打得只剩即墨和莒（jǔ）城。陈子昂写的这句诗，暗示自己有乐毅将军的才华，却得不到君王或主帅的重用。

第二句“后不见来者”，表面意思是说往后看，也没看到跟来的人。其实这句话也另有深意，他要说的是：我也来不及看到后来的贤明君主。陈子昂这句诗，暗示从古代到未来，时间虽然很长久，但是一个人的生命有限，即使后世有贤君，自己也遇不到了。

第三句“念天地之悠悠”，悠悠指空旷、长远。表面意思是想到天地是那么苍茫、广阔；深入的意思是：天地这么宽广，应该可以让有才干的人充分发挥吧？

第四句“独怆然而涕下”。“怆（chuàng）然”形容悲伤的样子。“涕”（tì）指的是眼泪，不是鼻涕。整句意思是只有我悲伤得掉下眼泪。这句话写了三层伤心。第一层是掉眼泪，表达伤心的情绪；第二层是独自掉眼泪，表示孤单、寂寞，没有人安慰；第三层是“怆然”地掉眼泪，也就是痛彻心扉地掉眼泪。写出了自己的才干不容于天地的苦闷和哀痛。

登幽州台歌

唐·陈子昂

前不见古人，后不见来者。
念天地之悠悠，独怆然而涕下！

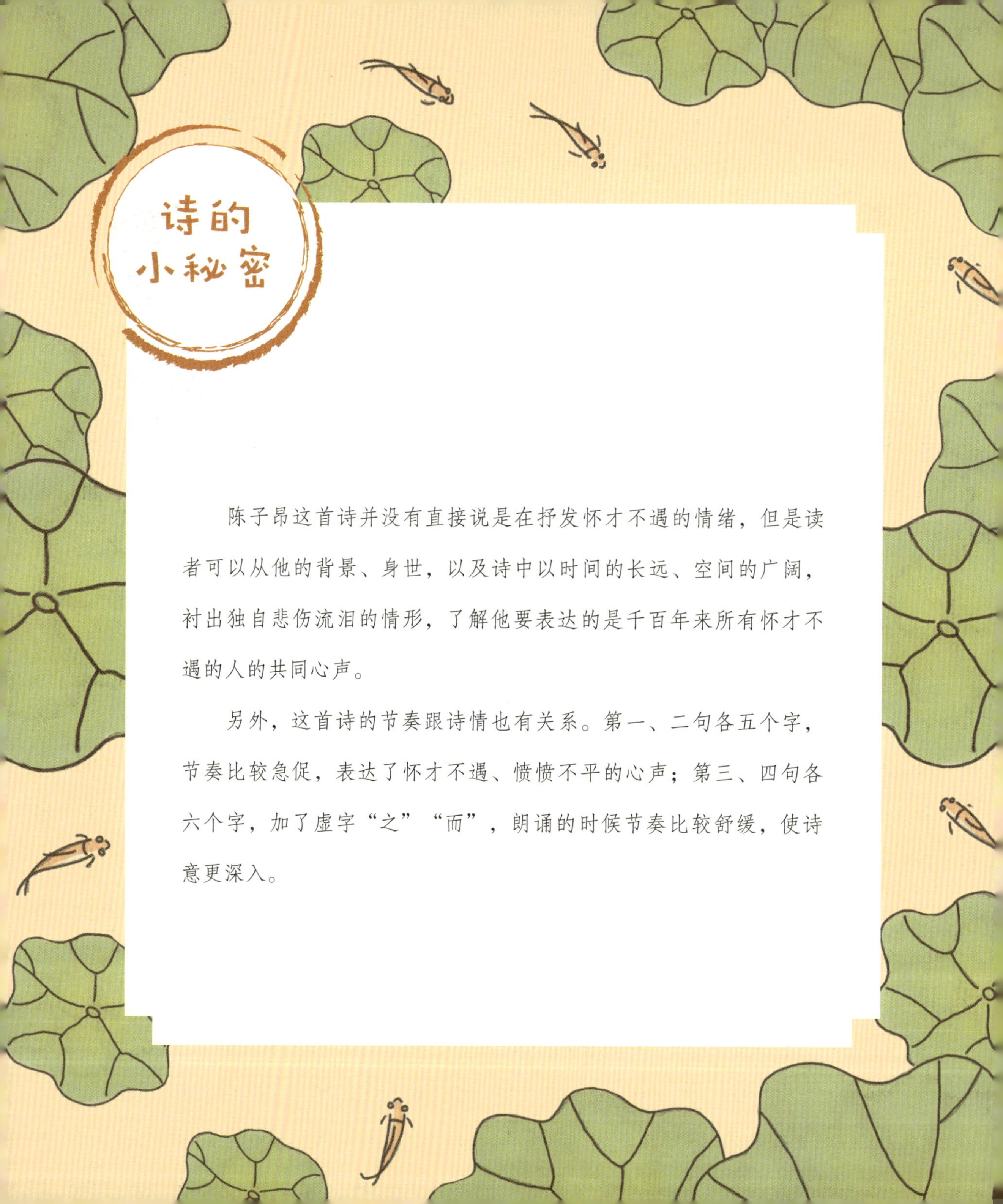

诗的小秘密

陈子昂这首诗并没有直接说是在抒发怀才不遇的情绪，但是读者可以从他的背景、身世，以及诗中以时间的长远、空间的广阔，衬出独自悲伤流泪的情形，了解他要表达的是千百年来所有怀才不遇的人的共同心声。

另外，这首诗的节奏跟诗情也有关系。第一、二句各五个字，节奏比较急促，表达了怀才不遇、愤愤不平的心声；第三、四句各六个字，加了虚字“之”“而”，朗诵的时候节奏比较舒缓，使诗意更深入。

⑧ 陶渊明饮酒诗里的秘密

陶渊明，又名陶潜，是东晋有名的诗人。他曾做官，后来觉得当时的官场风气不好，于是辞官，隐居乡间耕作。他的诗自然而有韵味，跟当时华丽的诗风不同。

在归隐的耕作期间，他爱喝酒、爱写诗。他写的一组《饮酒》诗，有二十首，其中第五首最有名，千年来被称赞不绝。

饮　酒

［东晋］陶渊明

结庐在人境，而无车马喧。
问君何能尔？心远地自偏。
采菊东篱下，悠然见南山。
山气日夕佳，飞鸟相与还。
此中有真意，欲辨已忘言。

“结庐在人境，而无车马喧。问君何能尔？心远地自偏。”这四句的表面意思是这样的：我虽然住在世间，却没有感受到车马来往的喧哗声。请问你为什么能这样呢？因为心既然远远摆脱了车马的喧哗声，那么虽然处于喧闹的境地，也如同居于偏僻的地方。

这四句其实藏了这样的秘密：“车马喧”指的是跟世俗人密切交往，车来马去的喧哗声；也暗指有权位的人，他的门前有许多乘车骑马的人，总能听到别人上门拜托、巴结的喧哗声。陶渊明写“无车马喧”，便是指作者不是高官，没有人上门请托，因此门前就清静了。“心远地自偏”指的是我对争名夺利的世界，采取疏远、排斥的态度，住的地方便觉得很僻静，不受世俗人情的干扰。

接着的四句：“采菊东篱下，悠然见南山。山气日夕佳，飞鸟相与还。”表面意思是：我到东边的篱笆下采摘菊花，在快乐、自得的时候，看到了南山。山间的云雾，在傍晚的时候显得更美，我就与天空的飞鸟结伴回家。

这四句表面意思是写陶渊明陶醉在自然界的悠闲生活，深层意思是说陶渊明不想追逐名利，只希望跟大自然融合到一起。诗中的菊花除了可以泡茶以外，还代表高尚的节操、自然美；篱笆也有乡村朴素的美；青山、飞鸟也代表自然界的美。陶渊明欣赏这些景物，这是诗人喜爱自然的表现。

末两句“此中有真意，欲辨已忘言”，意思是说：这里面有人生真正的意义，想要辨别出来，却忘了该怎样用语言来表达了。

这里面暗示了人跟大自然化为一体，已经领会了此中的真意，不必用语言再去表达。其实人跟大自然合一，属于个人生命的感受，很难用语言来表达这种微妙的感受。这就像庄子说的梦中不知自己是蝴蝶，或是蝴蝶是自己一样。

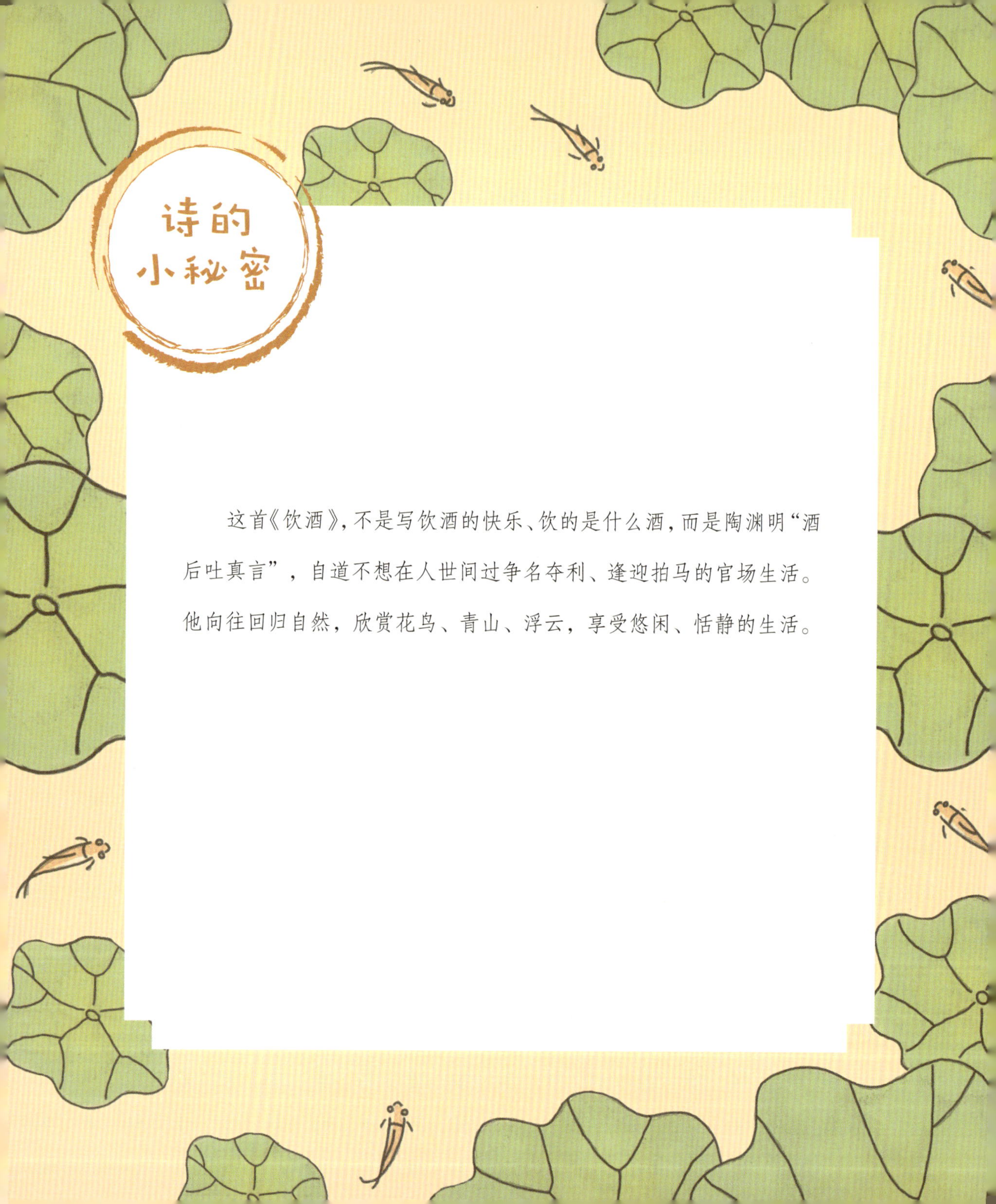

诗的小秘密

这首《饮酒》，不是写饮酒的快乐、饮的是什么酒，而是陶渊明“酒后吐真言”，自道不想在人世间过争名夺利、逢迎拍马的官场生活。他向往回归自然，欣赏花鸟、青山、浮云，享受悠闲、恬静的生活。

⑨ 硕鼠中为什么痛骂大老鼠？

一般人对老鼠都没有好印象，除了它尖嘴尖腮、长相难看以外，还因为它常常躲在暗处，到处乱咬东西，传播病菌，做出令人厌恶的行为。由于人们不喜欢老鼠，所以称呼坏人的“鼠辈”、形容惊慌而逃的“抱头鼠窜”、形容眼光短浅的“鼠目寸光”等词，都有个“鼠”字。“老鼠过街，人人喊打”的谚语里，还把老鼠列入痛打的对象。

周朝时期，在魏国百姓中流传一首《硕鼠》。硕鼠是大老鼠的意思。这儿的大老鼠指谁？诗中为什么要痛骂大老鼠？

硕　鼠

《诗经·魏风》

硕鼠硕鼠，无食我黍！
三岁贯女，莫我肯顾。
逝将去女，适彼乐土。
乐土乐土，爰得我所！

硕鼠硕鼠，无食我麦！
三岁贯女，莫我肯德。
逝将去女，适彼乐国。
乐国乐国，爰得我直！

硕鼠硕鼠，无食我苗！
三岁贯女，莫我肯劳。
逝将去女，适彼乐郊。
乐郊乐郊，谁之永号！

《硕鼠》出自《诗经·魏风》。《诗经》收录了西周到春秋的三百零五篇诗歌，是我国最早的诗歌总集。全书由风、雅、颂三个部分组成。其中，风也叫“国风”，是民间歌谣。风有十五国，“魏风”便是其中之一。

这首诗较难的词语：“硕”是大的意思。“三岁贯女”的“贯”是侍奉、喂养；“女”（rǔ）同“汝”，是你的意思。“莫我肯顾”的“顾”，本意是回头看，表示关心、回顾，全句的意思是一点儿也不肯体念我们。“逝将去女”的“逝”同“誓”，发誓的意思；“去”，离开。“适彼乐土”的“适”是往或到；“彼”是指那个。“爰得我所”的“爰”（yuán）是乃、才是的意思。“莫我肯德”的“德”指感激、恩惠。“爰得我直”的“直”，跟“爰得我所”的“所”同义，即场所的意思。“莫我肯劳”的“劳”，指慰劳、犒赏。“谁之永号”的“永号（háo）”，表示长久地号叫、嗟叹。

全诗的大意是这样的：大老鼠啊大老鼠，不要再吃我的黍（shǔ）子！多年来我们喂养你，你却一点儿也不肯体念我们。我们发誓要离开你，到那个快乐的地方。快乐的地方啊，快乐的地方，那才是我们安身的场所！大老鼠啊大老鼠，不要再吃我的麦子！多年来我们喂养你，你却一点儿也不给我们恩惠。我们发誓要离开你，到那个快乐的国家。快乐的国家啊，快乐的国家，那才是我们安身的场所！大老鼠啊大老鼠，不要再吃我的麦苗！多年来我们喂养你，你却一点儿也不慰劳我们。我们发誓要离开你，到那个快乐的郊区。快乐的郊区啊，快乐的郊区，到那儿谁还长吁(xū)短叹、抱怨连连！

诗的表面意思是请大老鼠不要到我家来吃光粮食，让我们能生存下去；否则我们只好搬家，找一个没有鼠祸的地方住。

深入的象征意义却是表达人民对统治者沉重剥削的控诉与怨恨。《毛诗序》说，这首诗是魏国人民讽刺他们的国君乱征重税、不修政治、贪而无厌的行为，像大老鼠一样。

诗人用象征手法，以硕鼠象征剥削者，除了国君外，助纣为虐的贪官污吏都是；以乐土、乐国、乐郊象征没被剥削的社会或国家。诗中控诉统治者无穷无尽地剥削人民，不体念人民、不感谢人民、不慰劳人民；人民忍无可忍，要逃亡到一个没有剥削的地方去生活。

这首诗共有三章，三章的结构相似。每章的前四句直截了当地表达对统治者的不满；后四句表达的是人民忍无可忍的想法，想要逃离这个地方，找个可以安居乐业的地方过活。

诗的小秘密

这儿的大老鼠指的是统治者。诗人写作这首《硕鼠》，采用了象征的手法。象征是指通过某一特定的具体形象，表现跟它相似或相近的概念、思想和感情。写作这首诗的诗人要控诉贪婪的统治者，不但不体恤人民，反而无止境地剥削人民，使人民无法过活。为了使诗富有艺术美，为了不引起文字狱，他没有直接写出这个意思，而是把大老鼠当作统治者，表现统治者长期吃农民粮食、无止境地剥削人民。诗中为什么痛骂大老鼠？就是要控诉统治者的贪得无厌、不关心人民。

景物诗篇

⑩ 江南藏了什么秘密？

很多小朋友都读过《江南》这首诗。这首诗又叫《江南可采莲》或《江南曲》。它选自宋人郭茂倩编的《乐府诗集》，相传这首诗是西汉的民歌。这首诗好在哪里？它的文句藏了什么秘密？背过这首诗的小朋友不一定都知道。

江　南

汉乐府

江南可采莲，
莲叶何田田。
鱼戏莲叶间。
鱼戏莲叶东，
鱼戏莲叶西，
鱼戏莲叶南，
鱼戏莲叶北。

这首诗是从一个采莲人的角度来写的。这首诗的第一句“江南可采莲”写出了江南人的自豪。不管作者是江南人或来江南游玩的人，来到江南，看到种满莲花的大湖，不禁发出得意、兴奋的赞叹。这儿的“江南”指的是长江以南的地方，包含浙江、江西、湖南等地；有名的南京、杭州、苏州等地，都属江南。江南由于江水丰沛，渔业、农业都很发达，是个鱼米之乡。“采莲”，指的是采莲蓬。莲蓬里有莲子，莲子是珍贵的营养品。

第二句“莲叶何田田”，意思是：水面的莲叶长得多么茂盛、美丽。写出所见的宽广，也表现了诗人境界的开阔。为什么形容莲叶茂盛的样子不写成“莲叶何茂盛”“莲叶何翠翠”“莲叶何绿绿”，而要写成“莲叶何田田”？直接写“莲叶何茂盛”，是抽象语，像喊口号，太直、不美；写“莲叶何翠翠”“莲叶何绿绿”，以色彩来写，虽然较好，但是不如用“田田”。由荷叶的外形和叶脉，诗人把荷叶看成一个“田”字。每一张莲叶就是一个“田”字，莲叶和莲叶相接，就成“田田”。“田田”属于修辞学中的叠字，有增强语气的效果，更能表现莲叶茂盛。

第一句“江南可采莲”，写出江南可以采莲蓬、挖莲子，照说第二句应该写的是“采了一箩筐”，但是作者不写采莲的成果，却跳到“莲叶何田田”，写莲叶的静态美。

静态美写完后，作者特写了鱼儿嬉戏的动态美。这首诗从“鱼戏莲叶间”起的后五句，特写采莲人看鱼的情形。第三句“鱼戏莲叶间”，是后四句的总纲，总写一群一群的鱼在莲叶间嬉戏；后四句分写鱼如何嬉戏的具体图像。

这五句中的“戏”字用得很好，除了较富动态感外，也写出鱼主动在莲叶间找快乐的情景。如果把“戏”改成“游”，写成“鱼游莲叶间。鱼游莲叶东……”就令人觉得太静态，少了快乐的气氛。

后四句“鱼戏莲叶东，鱼戏莲叶西，鱼戏莲叶南，鱼戏莲叶北”，为内容相关、结构相同、语气相似的排比句，除了富有节奏美以外，也增强了鱼儿忽东忽西、悠游嬉戏的快乐情趣。

后五句写鱼的嬉戏，暗藏了很多意思。首先，暗示这儿的水很清澈，可以看到鱼的嬉戏；其次，一般人看到鱼，就想把鱼抓来吃，这儿写看鱼人欣赏鱼的嬉戏，表现了看鱼人或是采莲人的境界高，能跟鱼同乐。

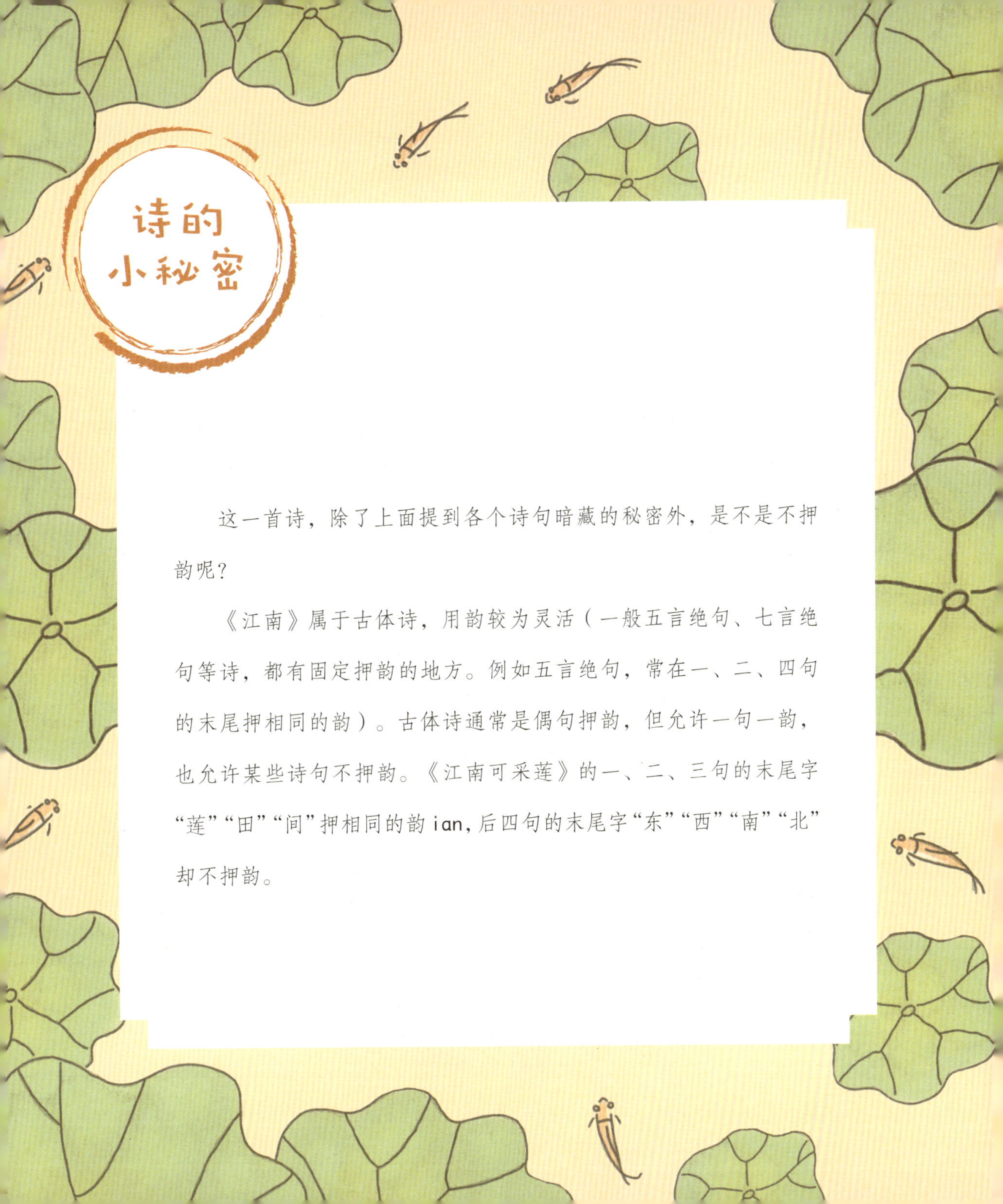

这一首诗，除了上面提到各个诗句暗藏的秘密外，是不是不押韵呢？

《江南》属于古体诗，用韵较为灵活（一般五言绝句、七言绝句等诗，都有固定押韵的地方。例如五言绝句，常在一、二、四句的末尾押相同的韵）。古体诗通常是偶句押韵，但允许一句一韵，也允许某些诗句不押韵。《江南可采莲》的一、二、三句的末尾字“莲”“田”“间”押相同的韵 ian，后四句的末尾字“东”“西”“南”“北”却不押韵。

⑪ 苏轼的不识庐山真面目藏了什么秘密？

“不识庐山真面目”这句话常被人们引用。这句话从哪里来呢？它的本意要说什么？要知道答案，先来读读苏轼的《题西林壁》。

题西林壁

［宋］苏轼

横看成岭侧成峰，
远近高低各不同。
不识庐山真面目，
只缘身在此山中。

庐山在今江西省九江市，将近一千五百米高，为有名的避暑胜地。“西林”是庐山脚下的一座佛寺，又叫“乾明寺”。“题”是书写。“缘”是因为。在黄州（今湖北省黄冈市）做官的苏轼（苏东坡），于公元一〇八四年离开黄州前往汝州（今河南省汝州市），中途经过庐山而作此诗，并题诗在西林寺的壁上。

这首诗的大概意思是：从正面看横卧的庐山，像连绵起伏的山岭；从侧面看庐山，那是峻拔险要、高耸入云的山峰。从远的地方、近的地方、高的地方、低的地方看庐山，面貌都不一样。不晓得庐山的真正样子，只因为自己置身在庐山里。

由诗中可知，苏东坡观赏庐山比一般人仔细多了。一般人观赏庐山，大概草草登山，左看看右看看，只会说：“好高、好美。”苏东坡先从正面看，觉得庐山宽得像连绵的山岭；再从侧面看，感觉庐山奇峰壁立，气势挺拔。然后远看、近看、俯瞰（kàn）、仰看，景色又都不同。苏东坡这样多角度地观赏庐山，应该是非常了解庐山的千姿百态了，但是这还是局部的了解，没有办法领悟庐山的全部。例如从时间来说，早晨、中午、晚上，或是春、夏、秋、冬的庐山景色，一定不一样；从空间的角度来说，左侧、右侧，山脚、山腰、山顶，也不会一样。

后面“不识庐山真面目，只缘身在此山中”的诗句，是承接一、二句“横看成岭侧成峰，远近高低各不同”的感触。前面提到，不管在什么时间、从什么地方看庐山，都只是局部而已。一个人如果只停留在庐山里看，就如苏东坡说的“不识庐山真面目”了。

在庐山里看庐山，由于视野不够宽广，常常只看到局部，不能了解全部，因此苏东坡的意思是除了在山里面看以外，还要离开山，从远处看。

题西林壁

宋·苏轼

横看成岭侧成峰，远近高低各不同。
不识庐山真面目，只缘身在此山中。

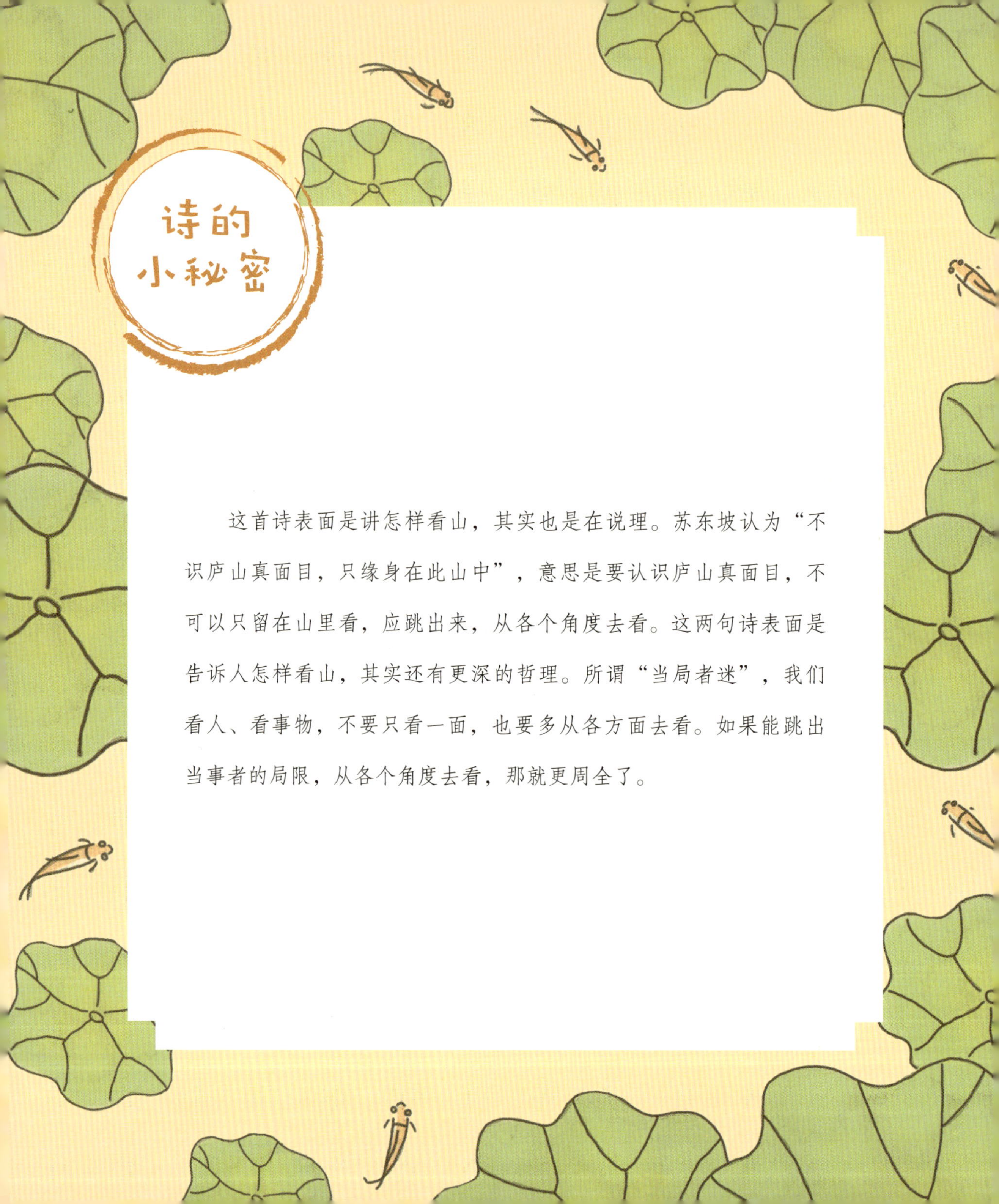

诗的小秘密

这首诗表面是讲怎样看山，其实也是在说理。苏东坡认为“不识庐山真面目，只缘身在此山中”，意思是要认识庐山真面目，不可以只留在山里看，应跳出来，从各个角度去看。这两句诗表面是告诉人怎样看山，其实还有更深的哲理。所谓“当局者迷”，我们看人、看事物，不要只看一面，也要多从各方面去看。如果能跳出当事者的局限，从各个角度去看，那就更周全了。

⑫ 枫桥夜泊好在哪里？

唐朝诗人张继的《枫桥夜泊》，千百年来受到中外人士的喜爱。除了诗人一再吟诵这首诗外，音乐家还为它谱曲，书画家常以它为字画内容。诗中提到的寒山寺，更成为热门的旅游景点。这首诗为什么这样令后人着迷呢？

枫桥夜泊

［唐］张继

月落乌啼霜满天，
江枫渔火对愁眠。
姑苏城外寒山寺，
夜半钟声到客船。

张继是湖北襄阳人，唐玄宗天宝十四年（七五五年）安禄山叛变后，他避乱到江南。有一次，经过风景秀丽的苏州地区，船停泊在枫桥，由于漂泊在外，而且国家多难，再加上秋天景物萧瑟令人忧愁，张继整夜睡不着，触景生情，写下了这首诗。

诗中的“姑苏”指的是苏州，“寒山寺”是枫桥附近的寺庙。

全诗的大意是：月亮西沉了，乌鸦啼叫着，天空弥漫着冰冷的霜气。面对江边的枫树、渔船的灯火，忧愁的旅客无法入睡。苏州城外的寒山寺半夜里敲起的钟声，一声声传到客船来，更激起游子的无限心思。

一首诗能感动人，主要是因为内容丰富，情感真挚，表达富有艺术美。《枫桥夜泊》就有这些特点。

这首诗抒发的是游子忧国忧民以及思乡的愁情。作者写这个主题，不是像写议论文一样直接写出。他选了月落、乌啼、霜满天、江枫、渔火等具体形象来暗示。由这些形象勾勒出的凄美画面，表达出作者的愁情来。

诗中的“钟声”象征佛门的呼唤、点醒，要大家心境安宁、增长智慧、离苦得乐。由钟声到客船的象征义来看，这儿有积极的暗示，内容非常丰富，富有禅趣美。

另外，这首诗先写秋夜远处的残月、霜天和乌鸦的啼叫，然后写近处的枫树、渔火和船客。材料的安排由远而近，富有秩序美。

残月和霜天的色彩是白色，属于冷色；枫树和渔火的色彩是红色，属于暖色。作者把它们融合在一起，使得枫桥的秋夜更美，富有和谐的艺术美。

在材料的安排上，前两句列出多个跟主题相关的凄美景物，使忧愁浓得化不开来；后两句却只举出一个钟声的材料，而这个材料除了衬出游客的孤寂外，也由于出自佛门，有要船客心境安宁、增长智慧、离苦得乐的意味。像这样一多一少的材料安排，富有变化美。

枫桥夜泊

唐·张继

月落乌啼霜满天，江枫渔火对愁眠。

姑苏城外寒山寺，夜半钟声到客船。

诗的小秘密

《枫桥夜泊》一诗像精美的玉器一样。它富有诗的禅趣美、秩序美、艺术美和变化美。怪不得千年来大家对它那么着迷。

⑬ 为什么李白不题黄鹤楼诗？

相传“诗仙”李白有一次到湖北武昌去游历，登上黄鹤楼后，想为黄鹤楼题一首诗，但是他看到黄鹤楼墙壁上题了崔颢（hào）的《黄鹤楼》诗后，自叹不如地说：

眼前有景道不得，

崔颢题诗在上头。

于是搁笔不写。

崔颢的《黄鹤楼》诗为什么可以让李白佩服得停笔不写呢？

黄鹤楼

［唐］崔颢

昔人已乘黄鹤去，此地空余黄鹤楼。
黄鹤一去不复返，白云千载空悠悠。
晴川历历汉阳树，芳草萋萋鹦鹉洲。
日暮乡关何处是？烟波江上使人愁。

这首诗前四句的大意是：从前有位仙人乘着黄鹤离开这里了，这里现在只空留一座黄鹤楼。黄鹤飞走后，再也没有回来过，千年以来只剩下白云悠悠地飘浮等待。

这四句诗由古时一位名叫费祎（yī）的仙人乘黄鹤飞走的传说写起，诗里借鹤去楼空的景象，含蓄地表达作者求道或求功名不顺利的难过心情，为后面的“愁”字埋下伏笔。

诗的后四句中，“晴川”指晴日里的原野，“萋（qī）萋”形容草木茂盛的样子。后四句大意是：在这晴朗的日子里，可以清楚地看到长江对岸汉阳（今湖北省武汉市汉阳区）原野上的树木，也可以看到远处江中鹦鹉洲的花草。我在楼台远望，一直到日落才找寻我的家乡，但是我的家乡在哪里呢？我只看到长江上面弥漫着许多烟雾，这使我感到忧愁、难过。

这四句诗的前半段，写楼很高，视线广，可以看到四周的美丽景色而令人忘返。后半段抒情，由日落找不到家乡引起的忧愁，含蓄地表达诗人怀才不遇、事业不顺，想回乡又不敢回去，独自伫立楼台，无语问青天的苦闷。末尾以“愁”字总括了全诗的思想感情。

李白看了崔颢的《黄鹤楼》诗，有黄鹤楼的美丽传说，也有黄鹤楼的壮丽美景，更写出了那个时代人们登楼常有的“念天地之悠悠，独怆然而涕下”的念古伤今，对道统、事业的忧愁。李白佩服得不得了，于是搁笔不写黄鹤楼的诗了。

后来李白游南京凤凰山，写了《登金陵凤凰台》：

登金陵凤凰台

［唐］李白

凤凰台上凤凰游，凤去台空江自流。
吴宫花草埋幽径，晋代衣冠成古丘。
三山半落青天外，二水中分白鹭洲。
总为浮云能蔽日，长安不见使人愁。

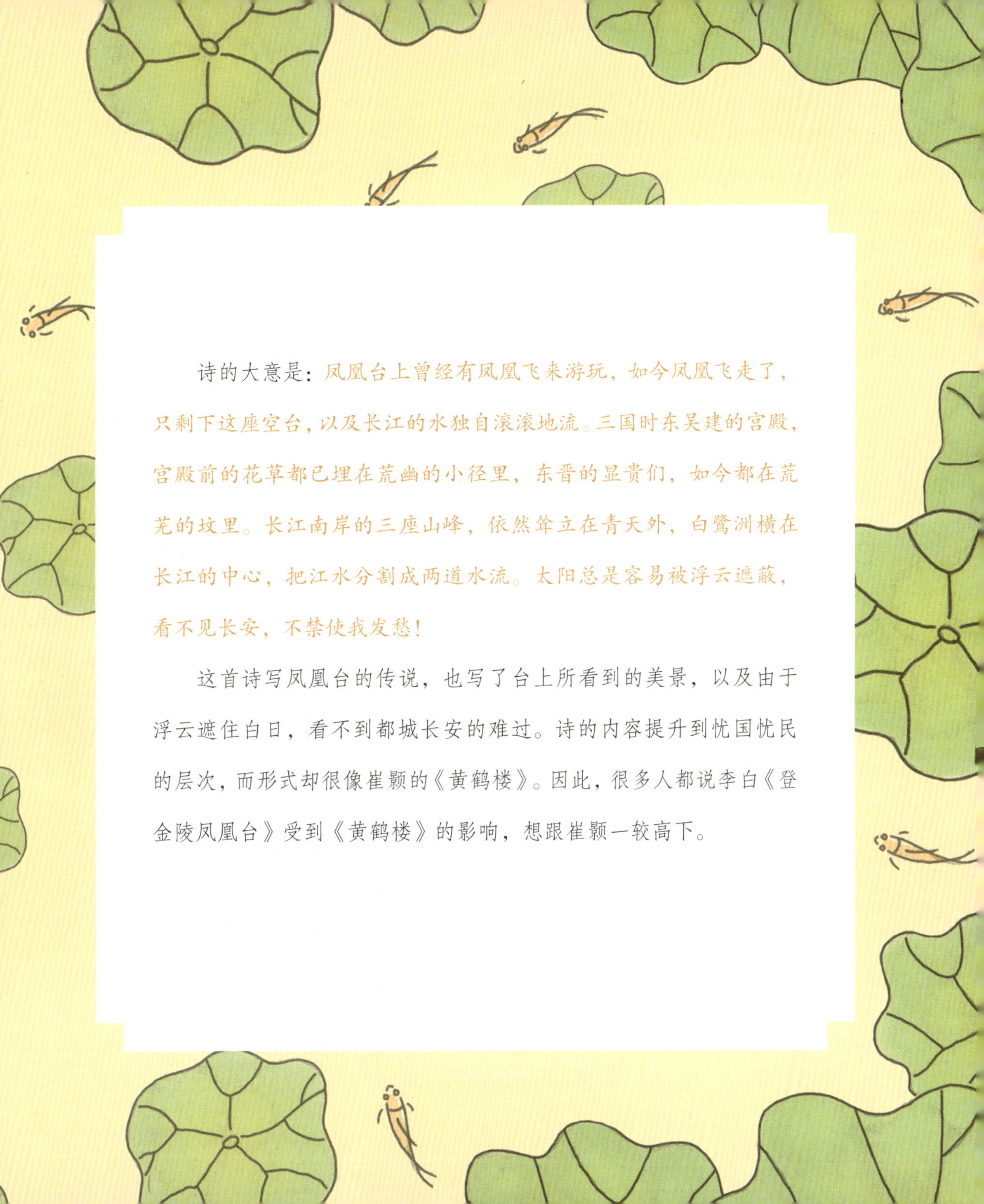

诗的大意是：凤凰台上曾经有凤凰飞来游玩，如今凤凰飞走了，只剩下这座空台，以及长江的水独自滚滚地流。三国时东吴建的宫殿，宫殿前的花草都已埋在荒幽的小径里，东晋的显贵们，如今都在荒芜的坟里。长江南岸的三座山峰，依然耸立在青天外，白鹭洲横在长江的中心，把江水分割成两道水流。太阳总是容易被浮云遮蔽，看不见长安，不禁使我发愁！

这首诗写凤凰台的传说，也写了台上所看到的美景，以及由于浮云遮住白日，看不到都城长安的难过。诗的内容提升到忧国忧民的层次，而形式却很像崔颢的《黄鹤楼》。因此，很多人都说李白《登金陵凤凰台》受到《黄鹤楼》的影响，想跟崔颢一较高下。

⑭ 为什么王之涣的登鹳雀楼那么有名？

在今山西省永济市，有一座三层高的名楼，由于古时候有许多鹳雀（鹳雀是一种外形像白鹤的鸟，鹳读 guàn）栖息在楼上，因此命名为“鹳雀楼”。这座高楼面对高耸入云的中条山，下临滚滚东流的黄河，想欣赏壮丽江山的人，都爱来这儿登楼观赏。因此，鹳雀楼便成了著名的游览胜地。

来这儿游览的诗人，看到这个美景，都情不自禁地要写诗赞美它。在许多诗作中，王之涣的诗最有名，不但流传到现在，而且人们勉励他人积极向上，都要引用它。

登鹳雀楼

［唐］王之涣

白日依山尽，
黄河入海流。
欲穷千里目，
更上一层楼。

这首诗所用的字都很常见。其中的“依”字是靠的意思；“尽”是完毕，指太阳下山不见了；“欲”是想要；“穷”是穷尽。

全诗主要是写登上鹳雀楼后看到的美景以及诗人的感想。大意是：灿烂的太阳靠近山脊后便落下不见了，滚滚的黄河不停地向着大海奔流而去。假使你想要看到千里远的景物，就得要再上一层楼。

要写登高望远，看到壮丽的山河，一般人可能会写成“登楼远望山势高，低头俯瞰黄河长”。这种写法太直，没有诗味。较好的，就像唐朝诗人畅当的《登鹳雀楼》：

登鹳雀楼

［唐］畅当

迴临飞鸟上，
高出世尘间。
天势围平野，
河流入断山。

这首诗前两句写楼比鸟飞的高度高，也高出世间的其他建筑物。后两句写登上楼后，可以看到天空覆盖着广大的平原，黄河流入山间。这种写法虽然有景，但是少了含蓄美。

王之涣的前两句诗，要写楼高和景色壮丽的特色。第一句“白日依山尽”有两层意思。第一层写远望的时候，只看到太阳和山，表示楼高，看不到别的（近处的飞鸟和大树，由于比楼低很多而看不到，作者舍去不写）。第二层作者要写中条山的高耸。他只写还没有到黄昏时分，那灿烂的太阳被中条山一挡住，就得被迫下山。这种言少意多、委婉含蓄的写法，富有空灵的艺术美，充满令人探究的趣味。

诗的第二句“黄河入海流”，写的是作者低头向东俯瞰所见的景色。在空旷的平野中，只见黄河滚滚地奔流，似乎可以看到它一直流向大海里去。鹳雀楼离大海有千里远，不可能看到黄河流入海，作者运用想象，把楼高可以望远，以及黄河水势的壮丽，生动具体地写了出来。

诗的后两句是写登楼后的感想。登楼的诗常先写景，然后抒情。王之涣也用这种方式写作。作者顺着第一、二句的语意，表面写想看到千里外更辽阔的景色，还得再登上一层楼；深入探究，也暗示读者：正如立足点愈高，看得愈远，人们要有成就，就得不断提升自我的能力。因此，“欲穷千里目，更上一层楼”的诗句，不但自然地成为登上高楼的精彩结尾，也成为鼓励后人上进的富有哲理的诗句。

诗的小秘密

王之涣在这首诗中，不但把登楼看到的雄奇景物具体、生动地写出，而且暗示读者，要得到事业、学业的更高成就，就要奋发向上，不断追求和经营。这是情景交融、自然天成的诗，因此成为人人称赞、个个喜爱的名诗。

⑮ 张志和的渔歌子要表现什么？

张志和是唐朝人，擅长诗词，也擅长书画和音乐。曾在唐肃宗时，做过朝廷的大官。后来辞官，常驾驶一艘小船，往来于太湖及浙江苕（tiáo）溪间垂钓，并自称“烟波钓徒”。

他写了五首《渔歌子》词，其中一首描写春天景物及渔翁生活的最为有名。千年以来，这首词不但受到我国人民的重视和喜爱，而且也受到外国人的喜爱。公元八二三年，日本的嵯峨天皇还为它和（hè）作了五首——和作的意思是模仿别人诗词的内容、形式写作诗词——成为日本人填词的起源。

这首《渔歌子》词那么有名，它表现的是什么内容？文句中又有什么弦外之音？

渔歌子

［唐］张志和

西塞山前白鹭飞，
桃花流水鳜鱼肥。
青箬笠，绿蓑衣，
斜风细雨不须归。

词是诗歌体裁的一种，跟诗一样，也是用精练的语言，抒发情感的作品。词跟曲子常结合在一起。虽然有的是先有词再有曲，但是大部分是先有曲再有词，也就是根据曲调来填词。它是为了配合歌唱的，因此诗句长短不齐，不像五言或七言绝句那样，一律是五个字或七个字。

“渔歌子”是词牌名（又名“渔父”），跟这首词的内容相关。“子”是曲子的简称，“渔歌子”也就是依渔歌曲调来填的词。“西塞（sài）山”在今浙江省湖州市西边。“白鹭”也叫白鹭鸶，是一种羽毛洁白的水鸟。鳜（guì）鱼是一种味道鲜美的淡水鱼。“箬（ruò）笠”是用箬竹叶编成的帽子，可以遮阳挡雨（箬竹叶又宽又大，除了可以用来编帽子，还可以包粽子）。“蓑（suō）衣”是用蓑草编成的雨衣。“不须”指不必。

民国初年，一位研究词很有名的学者王国维说，一切景语都是情语。这句话启示我们，看一首词或诗，虽然看到的是景色如何，但是欣赏者应该探究的是它要表现什么情意。

张志和这首词的第一句是“西塞山前白鹭飞”，表面意思是西塞山的前面，几只白鹭鸶在那儿悠闲地飞着。深入探究，这句词另有深意。

首先，从色彩来说，山是青绿色的，鹭鸶是白色的。大片的青绿色中，出现几点白色，显现了色彩美。其次，山是宽广的、静态的；鹭鸶是小的、动态的。这两者并列，有大小对比、动静对比。这句词也就告诉读者，寄身山水的人，在这儿生活，往远处一看，可以看到美丽的景色，使心情舒畅。

第二句“桃花流水鳜（guì）鱼肥”，表面意思是桃花开了，春水悠悠地流着，江中悠游的鳜鱼好肥。深入探究，这句词也另有深意。

桃花是春天才开放的，因此这儿暗藏了春天的意思。作者表达了在春天的时候，两岸开满一大片粉红的桃花。这是大场景的美，具有色彩美。“流水”是流动的水，会带来有益身体的负离子外，还富有动态美。“鳜鱼肥”除了表现江水清澈，适合鳜鱼生长外，也显现江南是个鱼米之乡。“桃花流水鳜鱼肥”的词句告诉读者，寄身山水的人，在这儿生活，往近处一看，可以看到美丽的景色，也可以垂钓。

远处和近处的美景说完后，作者把描绘的重点移到正在欣赏风光的渔翁上。

第三句“青箬笠，绿蓑衣”，叙述渔翁戴着用箬竹叶编的青色斗笠，穿着绿色的蓑衣。这是描绘渔翁的打扮。青色的斗笠和绿色的蓑衣，都是用当地的材料制成的，暗示渔翁融入了这个环境里，喜爱享受美丽风光的生活。

第四句“斜风细雨不须归”，表面写的是渔翁在江南春天的和风细雨里，一边欣赏美景，一边垂钓，于是决心不回家了；深入探究可以了解，作者要过这种闲云野鹤的舒适生活，不再回去做官了。

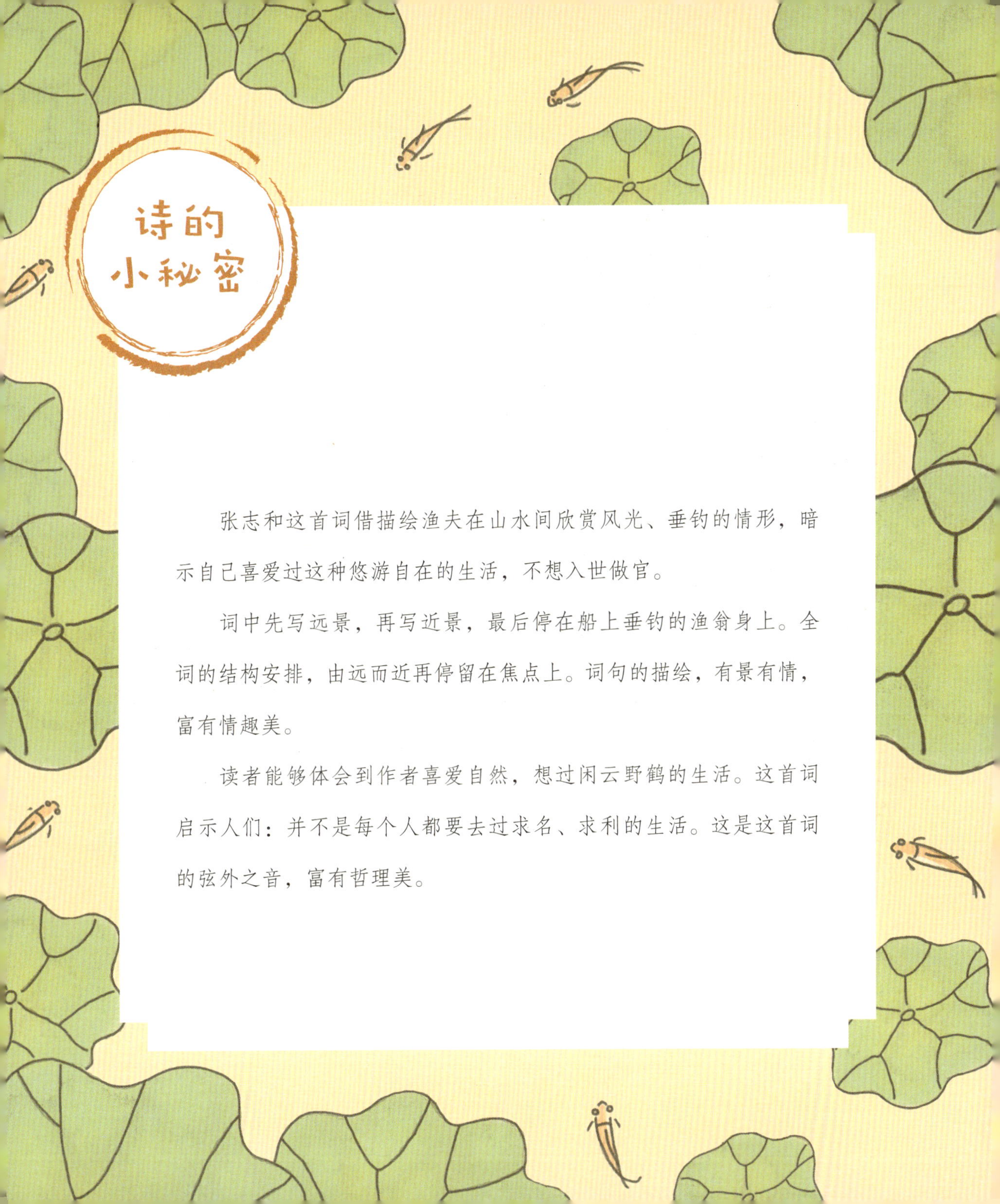

诗的小秘密

张志和这首词借描绘渔夫在山水间欣赏风光、垂钓的情形，暗示自己喜爱过这种悠游自在的生活，不想入世做官。

词中先写远景，再写近景，最后停在船上垂钓的渔翁身上。全词的结构安排，由远而近再停留在焦点上。词句的描绘，有景有情，富有情趣美。

读者能够体会到作者喜爱自然，想过闲云野鹤的生活。这首词启示人们：并不是每个人都要去过求名、求利的生活。这是这首词的弦外之音，富有哲理美。

⑯ 马致远的秋思是怎么构思的？

大家都听说过“唐诗宋词元曲”吧？元曲是盛行于元朝的戏曲艺术，它分为散曲和剧曲。散曲是同音乐结合的长短句歌词，属于一种新的诗歌形式，分为小令和散套。小令是单只曲子的歌词；散套是同一宫调两曲以上。剧曲分为杂剧和传奇，有科白，也就是角色的动作和道白。

马致远采用“天净沙”的调子写了一首小令《秋思》。有名的大学者王国维称赞《秋思》是元人最好的小令。

天净沙·秋思

［元］马致远

枯藤老树昏鸦，
小桥流水人家，
古道西风瘦马，
夕阳西下，
断肠人在天涯。

这首小令逐行押韵，富有音乐美，适合吟唱，用字浅显，表面意思很清楚。大意是写：一个漂泊他乡的游人，在赶路回家的时候，看到路旁有枯干的藤、老朽的树、黄昏的乌鸦，也看到一座小桥、桥下的流水、桥边的住家。赶路的人眼光回到路上，这条路是游人常走的大道，秋天的西北风飒（sà）飒吹来，自己骑的是一匹瘦马。这时候，太阳快西下了，只有伤心的人在天涯边踽（jǔ）踽独行。

这首诗通过描绘萧瑟苍凉的秋景，生动地表达了游人飘零他乡、怀念家乡的寂寞心情。

这首诗是怎么写的？诗句的含意是什么？它能被称为元朝最好的小令，艺术特色是什么？请看下面的分析。

诗人写作一首诗，首先要决定主题，也就是诗的中心思想。马致远这首小令的主题是同情伤心人在不顺利的环境下还得赶路的悲戚。由这个主题，让人了解出门在外的辛苦，并让我们关心在外的旅人。

有了主题，写诗的人要找妥帖的材料来证明，使主题具象化。马致远采用客观的景象来证明。

第一句“枯藤老树昏鸦”，写的是枯干的藤、老朽的树、黄昏“啊啊”叫令人感到不愉快的乌鸦。这是三个悲凉的意象，以不快乐的景来衬不快乐的赶路人，属于悲景衬悲情。这是正衬，可以烘托悲情。

第二句“小桥流水人家”，小桥和流水都是美景，他人的家是温馨的地方，这都属于喜景。对赶路人来说，看到美景和温馨的家，没空欣赏，不能当归宿，这不是更令人难过吗？这句是喜景衬悲情，属于反衬，令人悲上加悲。

第三句“古道西风瘦马”，回到赶路人的处境来叙述。“古道”是游人来往的大路，走在这样的大路上，当然更为想家。“西风”是秋天吹起的风，不是春天温暖的风。“瘦马”指赶路回家的人交通工具不理想。如果骑的是壮硕的马，甚至是千里马，当然可以很快赶回家，但是现在的赶路人，骑的却是没力气赶路的瘦弱马匹。

第四句和第五句“夕阳西下，断肠人在天涯”。夕阳西下，提示了当时的时间。夕阳西下，就是天黑没法子赶路。如果是“朝阳东升”，还可以有八小时的赶路时间。因此，这句又增加了赶路人的压力。“断肠人在天涯”写的是赶路人的心情。

作者像录像机一样，把几段悲伤的情景，以及当作对比的喜景，铺写出来，不直接揭示主题，让读者自己体会它的悲情。这是极为高明的艺术手法。

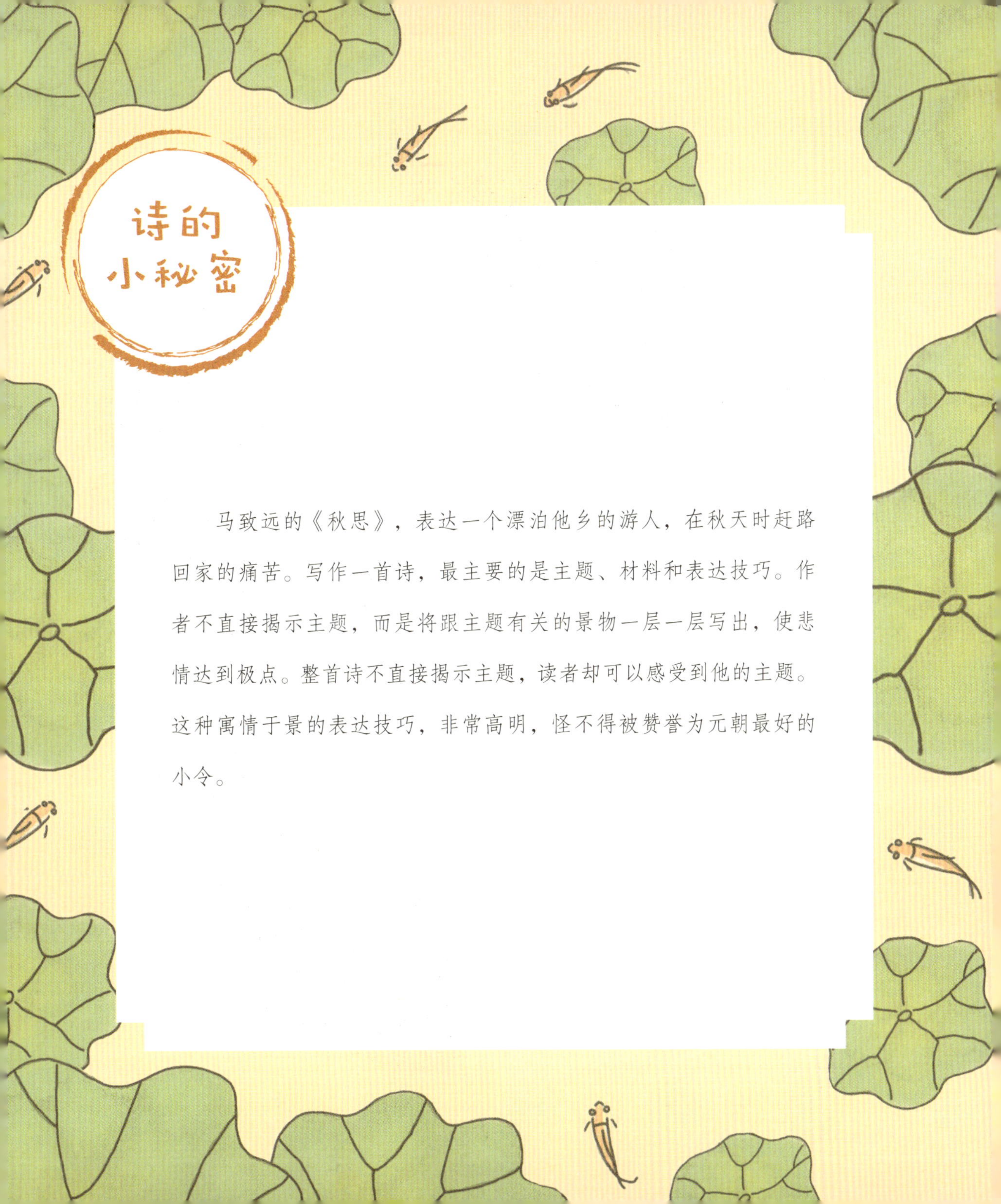

诗的小秘密

马致远的《秋思》，表达一个漂泊他乡的游人，在秋天时赶路回家的痛苦。写作一首诗，最主要的是主题、材料和表达技巧。作者不直接揭示主题，而是将跟主题有关的景物一层一层写出，使悲情达到极点。整首诗不直接揭示主题，读者却可以感受到他的主题。这种寓情于景的表达技巧，非常高明，怪不得被赞誉为元朝最好的小令。

⑰ 赠刘景文藏了苏轼的什么秘密？

我们常常可以听到“文如其人”这句话，意思是一篇文章或一首诗，往往跟作者的个性、为人或遭遇有关。以这个论点来读宋朝大文豪苏轼的《赠刘景文》，我们可以挖掘到苏轼为人的秘密。

赠刘景文

［宋］苏轼

荷尽已无擎雨盖，
菊残犹有傲霜枝。
一年好景君须记，
最是橙黄橘绿时。

苏轼就是苏东坡，眉州眉山（今四川省眉山市）人。《赠刘景文》是苏东坡写给他的朋友刘景文的一首慰勉诗，有的版本印的诗题是《冬景》。

要了解这首诗的大意，我们先来了解诗中较难的词语。“尽”是完毕；“荷尽”是荷花开完了、凋谢了的意思；“擎”（qíng）是承受、挡住；“盖”是古人对伞的称呼；“擎雨盖”就是指荷叶的样子像一把挡雨的伞。苏东坡在诗中不写“荷叶”，而改用跟荷叶外形特征相似的“擎雨盖”来代替，使语言变得委婉有趣，而且富有形象美。“菊残”是指菊花的花瓣快掉光了；“傲霜枝”是指菊花不怕寒冷，枝条仍傲立在寒霜中。

全诗的大意是说：在这初冬时节，荷花谢了，荷叶也不见了；菊花的花瓣快掉光了，但是它的枝叶还在寒霜中挺立着。你要记住，一年的四季都有美好的景色，特别是在这个橙子变黄、橘子还绿的初冬时节。

一年四季的景色，一般人提到春季，就会想到美丽的桃花、杜鹃花；提到夏季，就会说起娇艳的莲花（荷花）或牡丹；提到秋季，就会想起高雅的菊花或皎洁的月亮；但是提到冬季，很可能想到的是灰灰的天空、枯萎的花草，甚至皑（ái）皑的冰雪等凄凉景象。大文豪苏东坡提到冬季，不但不说这些悲凉的景象，反而说柳橙黄了、橘子还绿，到处是一片美丽的景色。

一般来说，冬天的景色并不美，但是苏东坡的《赠刘景文》把冬天写得这么美、这么温馨，主要原因是苏东坡的达观。

一个景物或一件事，常常有正、反两面。达观的人往正面看，悲观的人往反面看。同样是半瓶酒，悲观的人看了就说："糟了，只剩下半瓶酒了！"达观的人看了会说："很好，还有半瓶酒。"一个难过，一个快乐，最大的区别在于态度不同。

苏东坡的人生观是达观的，他从悲凉的冬天景象中看到希望、看到美丽，于是他把它写出来送给好朋友刘景文。通过这首诗委婉地告诉刘景文，事情常有正、反两面，我们如果多从正面看，抛开不如意的事，自然可以摆脱苦闷。

赠刘景文

宋·苏轼

荷尽已无擎雨盖，菊残犹有傲霜枝。

一年好景君须记，最是橙黄橘绿时。

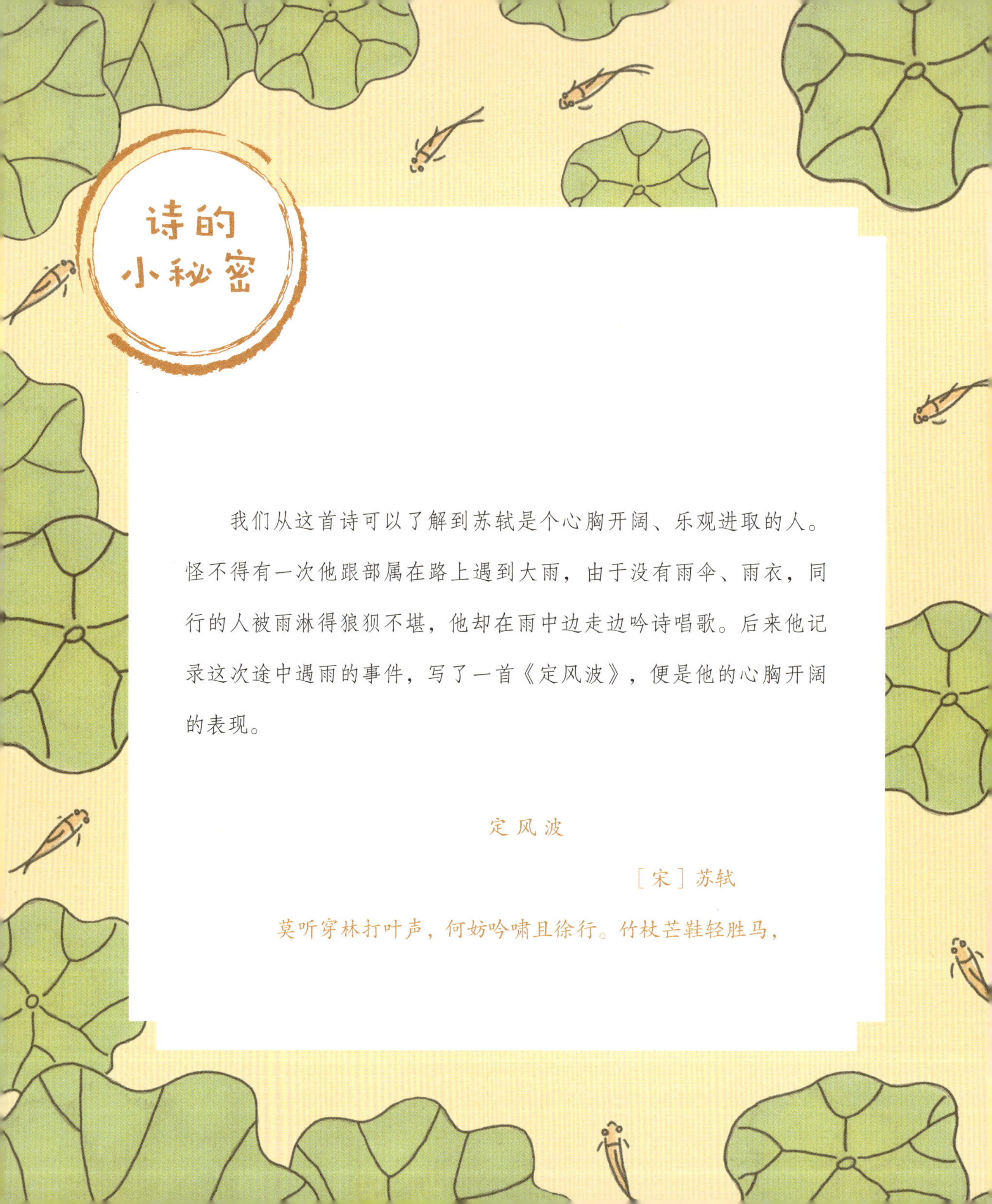

诗的小秘密

我们从这首诗可以了解到苏轼是个心胸开阔、乐观进取的人。怪不得有一次他跟部属在路上遇到大雨，由于没有雨伞、雨衣，同行的人被雨淋得狼狈不堪，他却在雨中边走边吟诗唱歌。后来他记录这次途中遇雨的事件，写了一首《定风波》，便是他的心胸开阔的表现。

定风波

［宋］苏轼

莫听穿林打叶声，何妨吟啸且徐行。竹杖芒鞋轻胜马，

谁怕？一蓑烟雨任平生。

料峭春风吹酒醒，微冷，山头斜照却相迎。回首向来萧瑟处，归去，也无风雨也无晴。

⑱ 乌衣巷藏了什么秘密？

唐朝刘禹锡的《金陵五题》是一组很有名的怀古诗，曾得大诗人白居易的赞赏。其中的第二首《乌衣巷》，一直是后代初读诗歌的人必读的一首诗。它是这样的：

乌衣巷

［唐］刘禹锡

朱雀桥边野草花，
乌衣巷口夕阳斜。
旧时王谢堂前燕，
飞入寻常百姓家。

这首诗语言浅显，景物平常，儿童读后，不必查字典就可以知道诗的表面意思。它是说：朱雀桥边的野草，开满了花；在乌衣巷口，夕阳斜斜地照着。从前在王导、谢安等高官贵族的官邸上筑巢的燕子，现在已经改到普通百姓家的屋檐下做巢了。

欣赏一首诗，要“思考作者的思考，感觉作者的感觉”。刘禹锡写作这首诗，他要表现什么思想？他怎样借用所见的景象来表达？这是读诗的人要探究的问题。

我们先看诗的第一句“朱雀桥边野草花”。朱雀桥是东晋时候金陵城（现在的南京市）城南交通非常发达的地方。这里以前是车水马龙、十分热闹的，可是现在桥边却长满了野草，而且开了花。这句话隐藏了朱雀桥边繁荣不再，来来往往的车子和行人不见了，到处一片荒凉的意思。

第二句“乌衣巷口夕阳斜”。乌衣巷在今南京市东南部，秦淮河南岸，三国东吴在这里驻军，军士穿乌衣而得名，东晋王导、谢安等贵族的宅第也建在这儿。“夕阳斜”表面写夕阳西下，黯淡无光的景，其实暗示了乌衣巷的繁华不再，已是衰败的地方。

第一句和第二句叙述眼前景象，描写从前车水马龙的朱雀桥和乌衣巷，现在都衰败了，有哀伤的意思。

第三、第四句“旧时王谢堂前燕，飞入寻常百姓家”，以候鸟燕子来抒情。

燕子到秋天以后，飞往南方避寒，到了春天或初夏，又飞回原来的住处。刘禹锡借燕子迁移的客观现象，写出本来在乌衣巷华美宫殿下筑巢的燕子，由于华屋不见了，现在只能飞到普通百姓家的屋檐下做巢。这暗示富贵难保长久，王导、谢安的子孙，不再受到先人庇护，沦落成一般百姓了。这是通过乌衣巷居民的变化，抒写古今盛衰的感慨。

乌衣巷

唐·刘禹锡

朱雀桥边野草花，乌衣巷口夕阳斜。
旧时王谢堂前燕，飞入寻常百姓家。

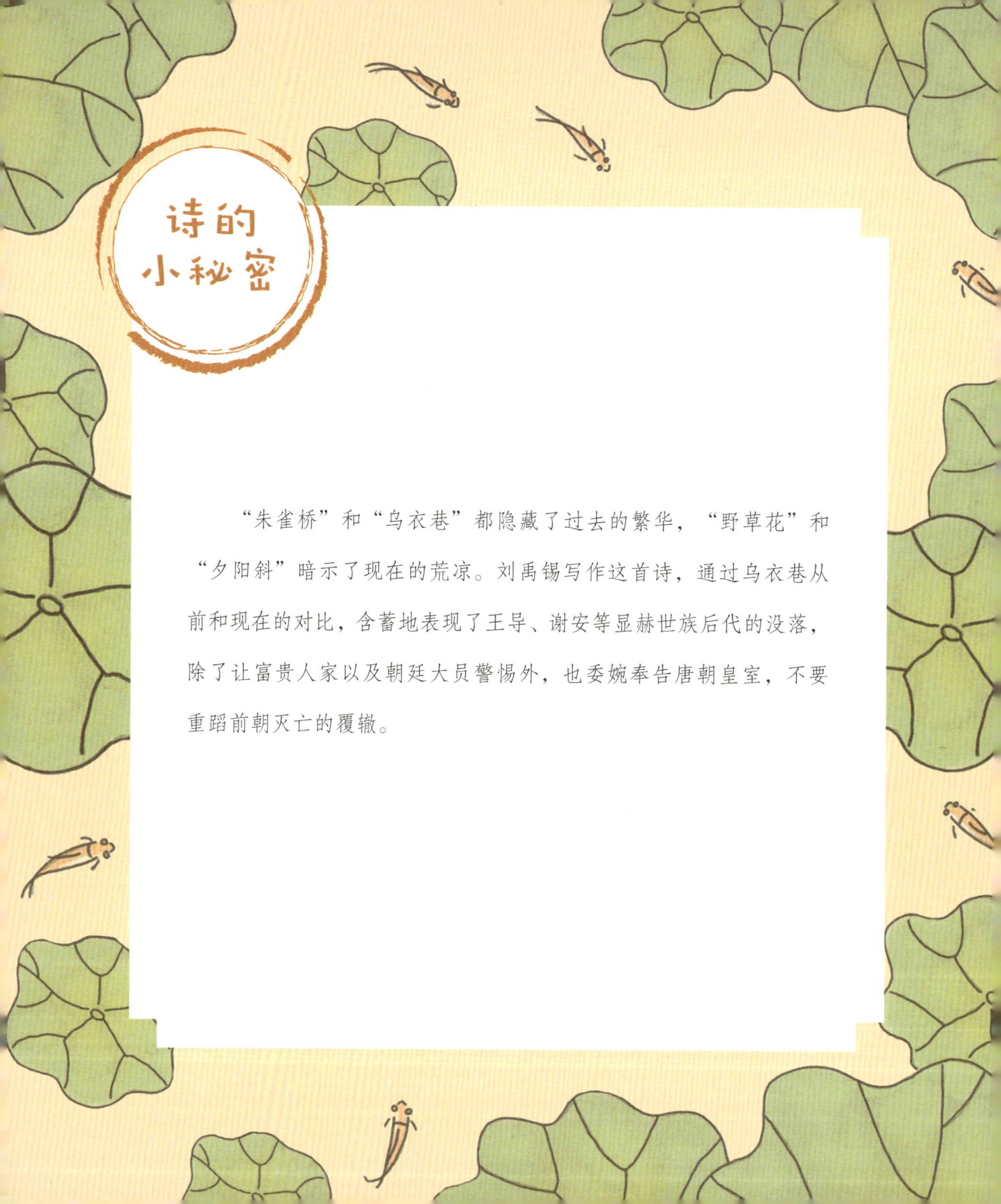

诗的小秘密

“朱雀桥”和“乌衣巷”都隐藏了过去的繁华，“野草花”和“夕阳斜”暗示了现在的荒凉。刘禹锡写作这首诗，通过乌衣巷从前和现在的对比，含蓄地表现了王导、谢安等显赫世族后代的没落，除了让富贵人家以及朝廷大员警惕外，也委婉奉告唐朝皇室，不要重蹈前朝灭亡的覆辙。

⑲ 郑燮竹石的秘密

自古以来，喜欢竹子的诗人很多。例如宋朝大文豪苏东坡就曾说：“可使食无肉，不可居无竹。无肉令人瘦，无竹令人俗。”竹子是中空有节的植物。在人们的心里，中空，表示虚心，象征谦虚不自满，竹子枝干有节，象征有节操。因此，苏东坡认为没有竹子，就会变成俗人。

清朝诗人郑燮（xiè），也就是诗、画、书都很有名的郑板桥，也喜爱竹子。他种竹子，赏竹子，画竹子，写竹子诗。他的竹子诗很受后人喜爱。《竹石》写的是什么呢？它有什么秘密？

竹　石

［清］郑燮

咬定青山不放松，
立根原在破岩中。
千磨万击还坚劲，
任尔东西南北风。

了解一首诗的内容，常常要理解三个层次的意思，就是表面意思、深入意思、象征意思。

这首诗的表面意思是说：长在石头上的竹子，紧紧咬住青山里的土石，一点儿都不松懈，原来它的扎根处，就在破损的岩石里。不管你吹的是东风、西风、南风或北风，历经千万次的磨炼和打击，它还是坚韧有劲。

从深入意思来看，在第一、第二句里，郑板桥采用拟人手法，把竹子当人、竹根当牙齿，在恶劣的环境下仍不气馁，咬住山石不放。这儿写竹根的卖力和坚韧，以及努力扎根基地，歌颂了竹子的志气，并为下两句埋下伏笔。

在象征的意思上，好的咏物诗虽然写的是物，其实是写人。这两句是郑板桥利用石头上竹子的坚毅特性来象征君子或自己的为人。“咬定青山不放松，立根原在破岩中”，象征一个本来就处在贫寒、恶劣环境里的君子，他认清了环境，不但不抱怨、不伤感，反而磨炼出自己的刚强意志，把握机会，努力活下去。郑板桥三岁失去母亲，家庭清贫，但不消极，发奋读书，终于考上进士。这两句诗，也象征郑板桥在困苦的环境中，不屈服于现实的奋斗精神。

第三、第四句“千磨万击还坚劲，任尔东西南北风”，“尔”是“你”的意思。这两句的深层意思是歌颂竹子非常坚忍，有坚毅的品格。不管你吹的是东风、西风、南风、北风，下的是冰雹霜雪，经过千万次的磨炼和打击，它还是坚忍地屹立着。

从象征层次来说，这两句是象征君子不怕做事不顺的磨炼，不怕外来无理的打击，能坚强地保持高贵的情操，其实这也是郑板桥自述为人。郑板桥二十三岁娶妻，三十多岁妻子去世，他独自养家，照顾孩子。后来做了县令，但他爱民，为官清廉不爱钱，也没什么积蓄。做官期间，有一次遇到荒年，百姓没饭吃，他没得到上级的批准就打开粮仓救助灾民，结果被免职，回到扬州，靠卖画、写字为生。虽然在人生中他遇到很多挫折，可是仍然保持正直的处世态度。

这首诗表面是写物，其实是写人。它是深刻的思想和高超艺术相结合的作品，值得我们再三吟诵和玩味。

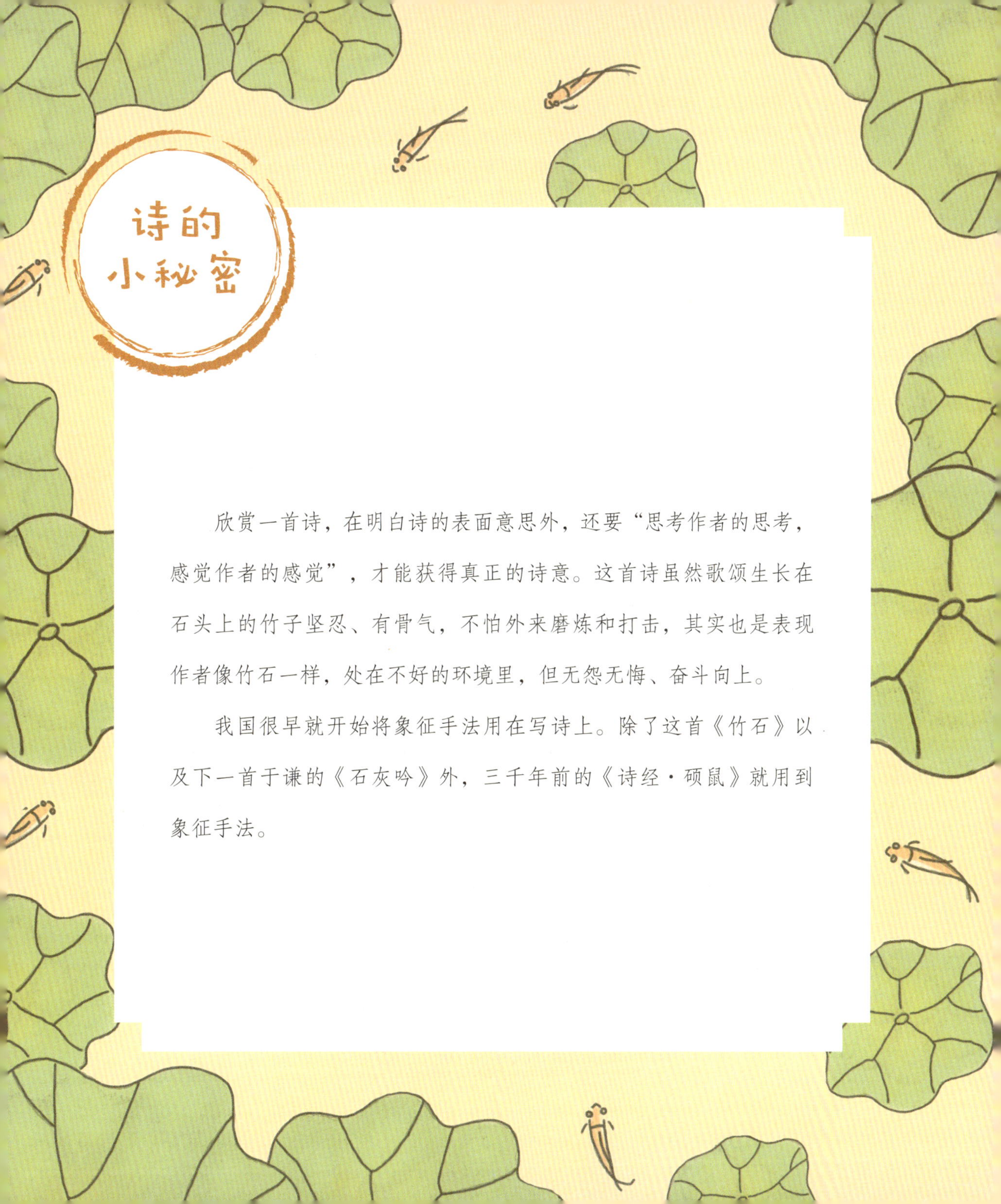

诗的小秘密

欣赏一首诗，在明白诗的表面意思外，还要“思考作者的思考，感觉作者的感觉”，才能获得真正的诗意。这首诗虽然歌颂生长在石头上的竹子坚忍、有骨气，不怕外来磨炼和打击，其实也是表现作者像竹石一样，处在不好的环境里，但无怨无悔、奋斗向上。

我国很早就开始将象征手法用在写诗上。除了这首《竹石》以及下一首于谦的《石灰吟》外，三千年前的《诗经·硕鼠》就用到象征手法。

⑳ 于谦石灰吟的秘密

于谦（qiān）是明朝人，他是一位政治家、军事家，也是一位文学家。他的《石灰吟》这首诗，不但歌颂了石灰，也表现了君子应有的高贵节操。

石灰吟

［明］于谦

千锤万凿出深山，
烈火焚烧若等闲。
粉骨碎身全不怕，
要留清白在人间。

可以流传后世的文学作品，虽然大部分都是成人写的，但是文学作品以感性为主，没有年龄的限制，有些文学天分高的孩子，也可以写出传世的优秀作品。相传这首咏物诗是于谦十二岁（有的说是十六岁）时作的。诗是以精练、有味的语言抒发情感的文学作品，《石灰吟》表面是写物，其实是写人。

这首咏物诗的大意是这样的：可以当石灰原料的山石，经过铁锤、凿子千万次的锤打和挖掘，终于出了深山，到了石灰窑。山石在石灰窑里经过烈火的焚烧，却像平时一样，一点儿都不在乎。它被烧得裂开了，粉身碎骨也全然不怕，为的是要在人间留下青白色的石灰。

这首诗的字面意思是描述石灰的开采和制作过程，其实正如前面说的，所有的写物，都是写人，于谦写石灰，目的是抒发自己的心意。“清白”是个双关词，一是表示石灰的青白色，二是表示人的清白名声。他借山石经过千锤万凿的挖掘、烈火的锻炼却都不怕，只为了变成青白的石灰一事，告诉读者：要成为有用的人或成就大事业，难免要面临考验，有志气的人要勇敢接受考验，即使粉身碎骨，送掉生命，也不怕。这样才能在人间留下清白的名声。

于谦于明成祖时，以二十三岁的青年才俊之士考上进士，曾任山西、河南等地的巡抚（像现今的省长），做官清正爱民。明英宗时蒙古族瓦剌

（là）部落进犯，在土木堡掳走英宗皇帝。这时群臣人心惶惶，拿不出办法，有的甚至抱着逃跑主义，建议迁都。在国家没有元首号召大家抵抗外患、人民面临生死关头的时候，于谦挺身而出，跟几位大臣拥立景宗为帝，并亲自招募兵将，跟进犯的瓦剌军队艰苦作战，终于击退敌军，保全了明朝。八年后，英宗皇帝复位。由于于谦曾拥立景宗为帝，于是被判“谋逆罪”而遭杀害。于谦努力为国做事，甚至牺牲生命也不怨悔，这体现了“粉骨碎身全不怕，要留清白在人间”的精神。

于谦小时候写的诗，已表达了他的高贵情操。他的忠贞爱国精神，一直到现在还令人敬佩。他死后，被葬在杭州西湖畔，跟岳飞的坟墓相邻。很多游客到杭州西湖旅游的时候，会到岳飞坟前及于谦坟前祭拜、追悼。由此可见他跟岳飞一样受后人尊敬。

石灰吟

明·于谦

千锤万凿出深山，烈火焚烧若等闲。

粉骨碎身全不怕，要留清白在人间。

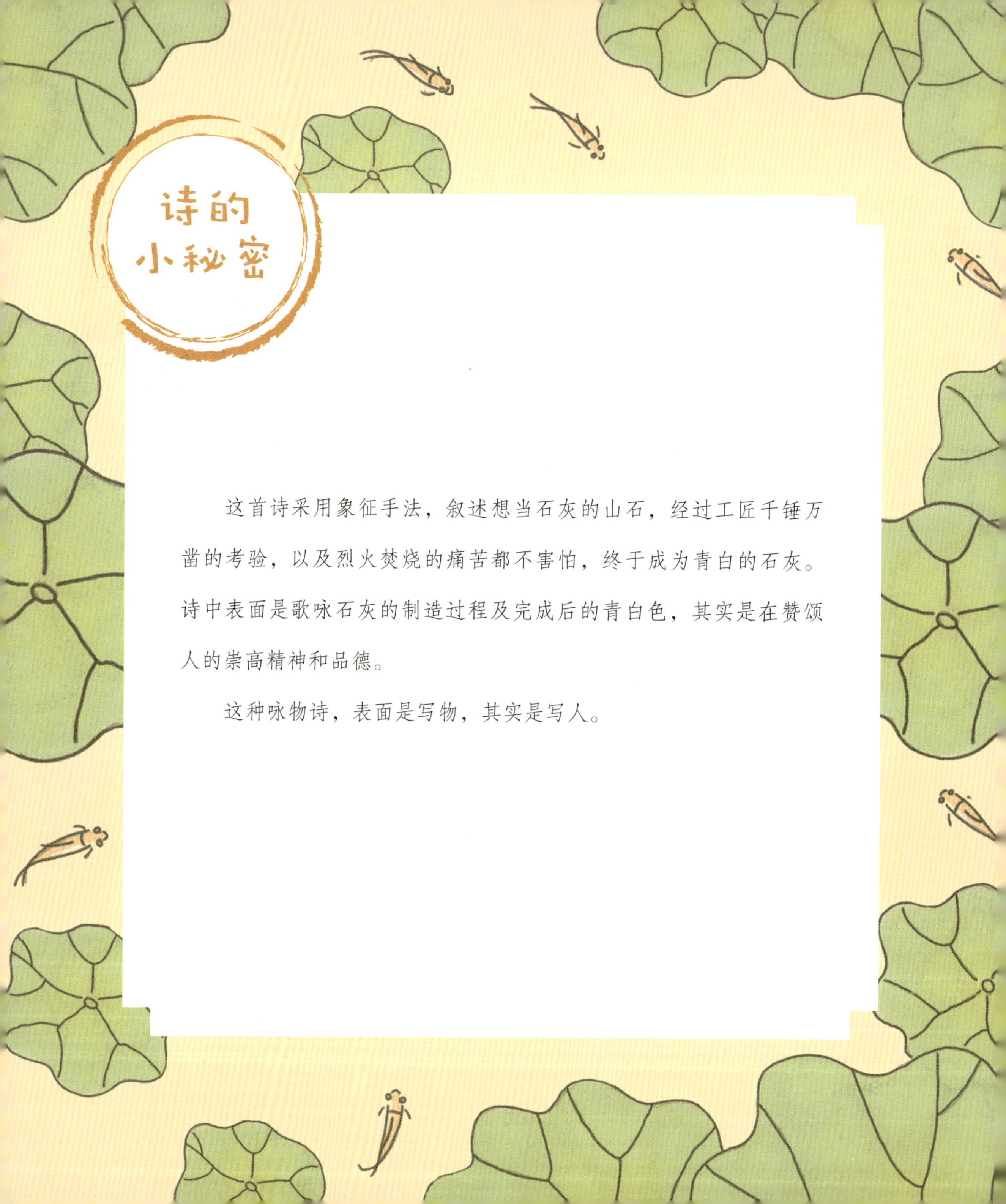

诗的小秘密

这首诗采用象征手法，叙述想当石灰的山石，经过工匠千锤万凿的考验，以及烈火焚烧的痛苦都不害怕，终于成为青白的石灰。诗中表面是歌咏石灰的制造过程及完成后的青白色，其实是在赞颂人的崇高精神和品德。

这种咏物诗，表面是写物，其实是写人。

叙事诗篇

㉑ 李白怎样送好朋友远行？

一般人送朋友远行，在机场、港口或车站的入口处，跟朋友握手、拥抱、互道保重后，看到朋友上飞机、上船或上车后，便摇摇手离开了。李白送朋友远行，跟一般人相同吗？如果不是，他是怎么个送法？

黄鹤楼送孟浩然之广陵

［唐］李白

故人西辞黄鹤楼，

烟花三月下扬州。

孤帆远影碧空尽，

唯见长江天际流。

这是李白送孟浩然远行的诗。孟浩然是李白的好朋友，年纪比李白大十三岁。李白曾写过一首《赠孟浩然》，称赞他文采高超，品德高尚。

李白送孟浩然去广陵的诗，共有四句。第一句“故人西辞黄鹤楼”的“故人”，意思是老朋友，指孟浩然。“辞”就是辞别、告别。黄鹤楼在湖北省武汉市，广陵就是现在的扬州，在江苏省，船行向东，而孟浩然面朝西方，因而是“西辞”。

这句诗的大意是说：老朋友站在船上，面对着西方，告别了黄鹤楼。这句诗从送行者李白的角度来写，指出送别的是老朋友，以及送别的地点在黄鹤楼附近。但是由于黄鹤楼有仙人乘鹤离去而不回来的传说，因此句中便暗伏了李白不知什么时候可以再见到孟浩然的惆怅。

第二句“烟花三月下扬州”的“烟花”，指的是春天繁花盛开，宛若烟雾。全句的意思是：在繁花盛开的三月里，老朋友要到扬州去。诗句的表面意思是交代老朋友远行的时间和地点，深层意思则是：在这美好的春天，应该是好朋友快快乐乐相聚的日子，现在却反而分别，不是令人伤心难过吗？以上两句诗，虽然写事，却隐藏了情。

第三、第四句“孤帆远影碧空尽，唯见长江天际流”的“帆”字，以部分代整体，借代为船。“碧空”，指碧蓝的天空。“天际”，就是天边。

这两句诗的意思是：老朋友搭的那条船，它的影子在远远的蓝天下不见了，现在我只看到长江的水滚滚流向天边。

这两句诗表面写船不见了以及长江水流不停，深层意思却是写李白舍不得离开江边，仍依依不舍地望着已远走天边的朋友。诗中虽然写景，却隐藏了情。

全诗一气呵成，自然而不雕琢，从事和景的叙述中，传达了深厚的情。由此可知李白写诗的功力。

黄鹤楼送孟浩然之广陵

唐·李白

故人西辞黄鹤楼，烟花三月下扬州。

孤帆远影碧空尽，唯见长江天际流。

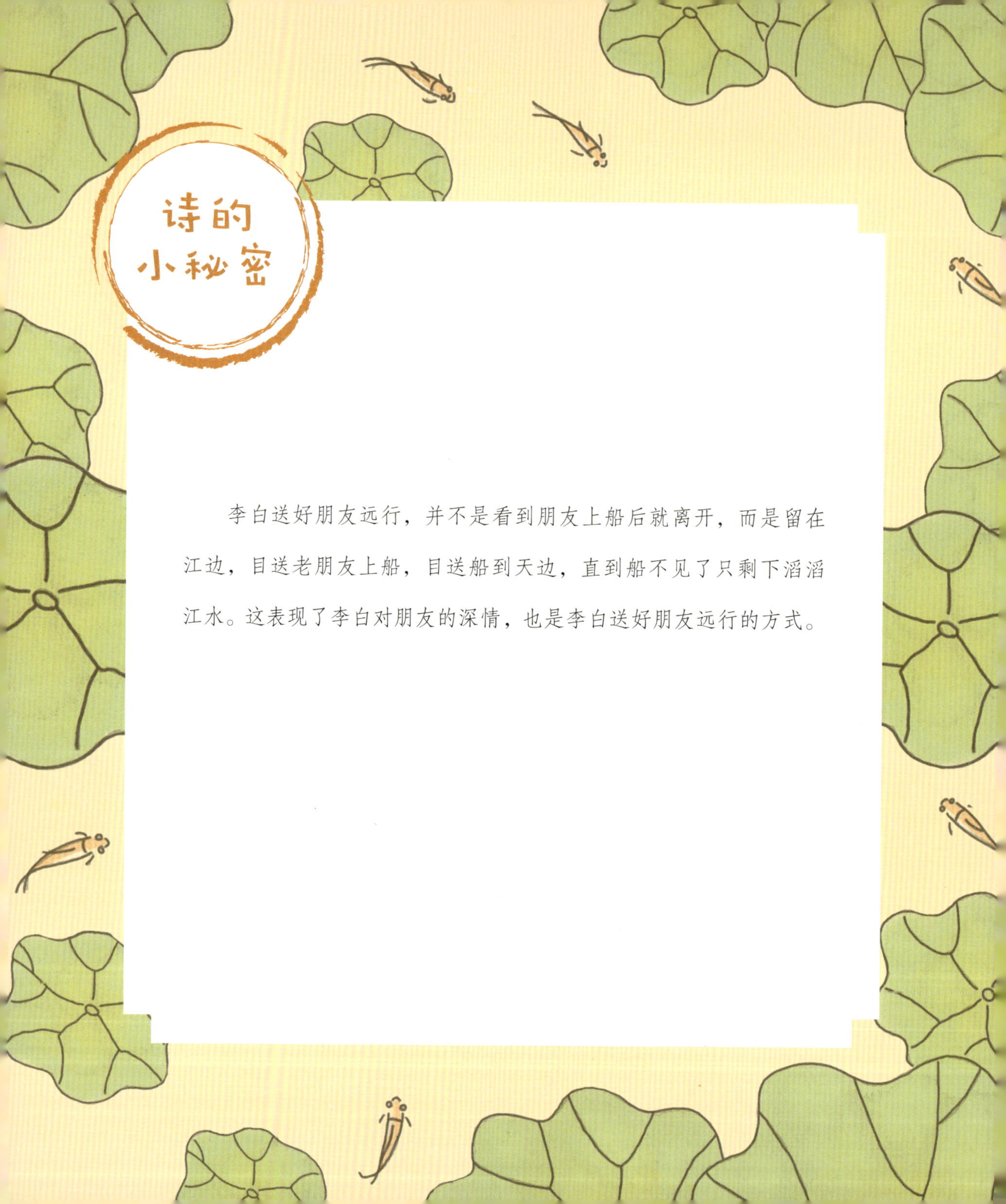

诗的小秘密

李白送好朋友远行，并不是看到朋友上船后就离开，而是留在江边，目送老朋友上船，目送船到天边，直到船不见了只剩下滔滔江水。这表现了李白对朋友的深情，也是李白送好朋友远行的方式。

㉒ 白居易的送别诗为什么一直提到草？

赋得古原草送别

［唐］白居易

离离原上草，一岁一枯荣。

野火烧不尽，春风吹又生。

远芳侵古道，晴翠接荒城。

又送王孙去，萋萋满别情。

白居易是唐朝的大诗人。他的诗，语言通俗浅易，但是有味道。他在十六岁时到长安去参加考试，呈上这首《赋得古原草送别》，请当时做大官的诗人顾况指教。顾况先看到白居易这个名字，无意中说：“长安米价方贵，居也弗易。”后来看到他的作品大为惊奇，称赞他是不凡的才子，有这样的才华，要住在长安城是一件容易的事。

这首诗藏了什么意思呢？

唐朝时科场考试的规矩，凡指定、限定的诗题，在题目上要加“赋得”二字。由白居易这首诗的诗题“赋得”二字，可见是应进士考试前的习作。诗中的“离离”，是繁茂的意思；“远芳”，指蔓延到远方的草；“晴翠”，指晴天的时候，阳光照在草上，草呈现碧绿色；“王孙”，本来专指贵族公子，这儿借来指将送别的好朋友；“萋（qī）萋”，形容草茂盛的样子。

全诗的意思是：古老原野上茂盛的野草，一年都有一次的枯萎和繁荣。野火焚烧，不能使它们灭绝；春风一吹，它们又生机蓬勃。蔓延到远处的芳草侵占了古道；晴空下碧绿的草，连接着荒凉的城市。现在又送朋友离去，满满的离别情意，就像茂盛的草一样。

这首诗的表面意思是在春天的郊外送别朋友。白居易送别朋友，要表达依依不舍的心情，也要勉励朋友。他不是直接把自己如何依依不舍的心情写出来，也不是直接勉励朋友，而是利用生命力强的草来暗示，因此富有艺术美。

他先叙述临别前所见的野草多么茂盛，接着说野草即使冬天枯干了，或是被野火烧光了，但是春风一吹，它又生机勃勃。如何生机勃勃呢？白居易写野草蔓延到古道上，甚至连接到遥远的荒城。这是歌颂野草富有顽强的生命力，也是暗中告诉朋友，你要远行了，要跟野草一样坚强、富有生命力，不要被外在的困难击倒。

李煜（yù）曾写过“离恨恰如春草，更行更远还生”的动人诗句。白居易这首诗的最后两句，点出送朋友远行的事件，并以大地上的茂盛野草来比喻自己依依不舍的心情，跟李煜的诗句恰好可以呼应。

赋得古原草送别

唐·白居易

离离原上草，一岁一枯荣。野火烧不尽，春风吹又生。

远芳侵古道，晴翠接荒城。又送王孙去，萋萋满别情。

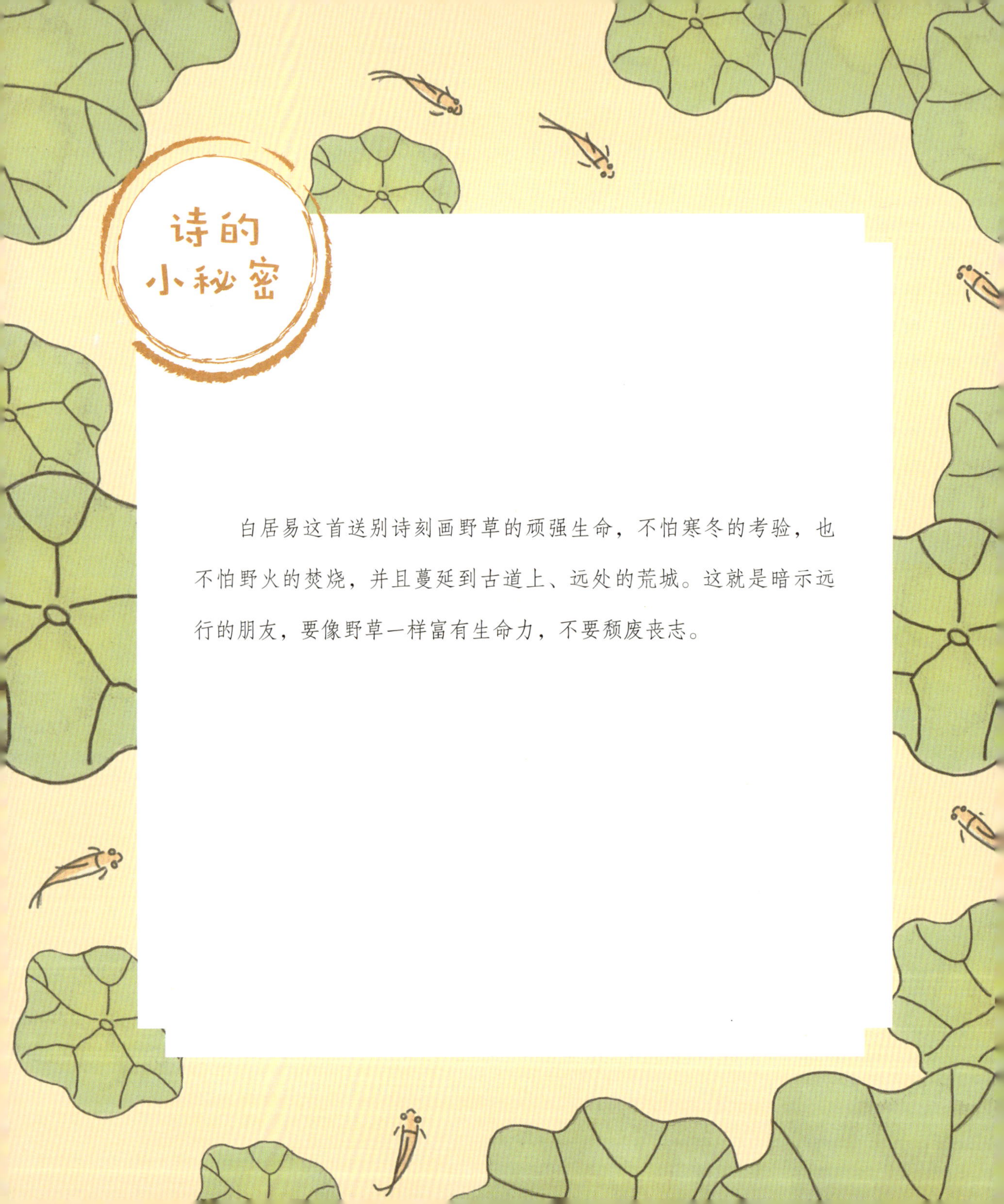

诗的小秘密

白居易这首送别诗刻画野草的顽强生命，不怕寒冬的考验，也不怕野火的焚烧，并且蔓延到古道上、远处的荒城。这就是暗示远行的朋友，要像野草一样富有生命力，不要颓废丧志。

㉓ 为什么游子吟是歌颂母爱的第一名诗？

受过中华文化熏陶的人，在想念母亲的时候，都会不知不觉地吟诵《游子吟》这首诗：

游子吟

[唐] 孟郊

慈母手中线，
游子身上衣。
临行密密缝，
意恐迟迟归。
谁言寸草心，
报得三春晖？

这首诗的大意是：慈母手中拿着针线，正在为出远门的孩子缝制衣裳。孩子临走前，母亲一针一线密密地缝制着，生怕孩子要好久才能回来。谁说孩子那如小草般微小的孝心，能够报答得完母亲像春天阳光般照耀大地万物的伟大恩情呢?

《游子吟》被誉为千百年来歌颂伟大母爱的绝唱。也就是说所有歌颂母爱的诗，这首是第一名，后世已没有人能写出超越它的作品了。为什么说它是歌颂母爱第一名的诗呢？相信小朋友都想知道答案。

这首诗的作者孟郊是唐朝人。四十六岁才考上进士，五十岁被派到江苏的溧（lì）阳县，当捉盗贼的县尉官。他上任后想到母亲的辛劳，马上要迎接母亲来溧阳县，以就近孝顺母亲，并写了这首诗。

这首诗有六句，前四句是第一小节。作者捕捉了母亲为孩子缝制衣裳的场景来表现母爱，这是全天下的母亲都会做的事情，也是家庭生活中经常会出现的场景，具有普遍性。

心细的孩子穿了母亲缝制的衣服，除了得到温暖外，还可以感受到母亲就在身旁，正时时关怀着她的儿女。

如果改用吃作为材料，可以这样写：

慈母手中面，游子路上粮。

临行急急炊，意恐缓缓归。

这样写，虽然也可以表现母爱的普遍性，但是口粮，吃完了就完了，不像衣服，穿上几年、十几年，仍旧可以拿出来睹物思亲。衣服的意象更能表现母爱的永恒性。

后两句“谁言寸草心，报得三春晖？”是第二小节。作者以小草来比喻孩子，以太阳来比喻母亲。太阳无私地把它的光给人、给动物、给大树、给小草，但从来没有要万物报答。这就像母亲无私地把她的爱给成器的孩子，也给不成器的孩子，而且还不要求回报一样。

孟郊以“三春晖”来比喻母爱，也有特别用意。春天的阳光除了给草木温暖以外，也可以使草木茁壮。如果改用“三冬晖”，或“三秋晖”，则阳光不足，草木凋零；改用“三夏晖”，则阳光太强，草木枯焦。以春天的阳光来比喻母爱，不是最能恰当地表现母爱的伟大吗？

游子吟

唐·孟郊

慈母手中线，游子身上衣。

临行密密缝，意恐迟迟归。

谁言寸草心，报得三春晖？

诗的小秘密

小草能报答得完阳光给的恩情吗？孩子能报答得完母亲给的恩惠吗？看了以上的分析，你明白为什么孟郊的《游子吟》是歌颂母爱的第一名诗了吗？

㉔ 曹植的本自同根生藏了什么秘密？

兄弟吵架，父母常会说“打虎也要亲兄弟”或是“本自同根生，相煎何太急”等劝导和睦的话。“本自同根生”这句话是从哪里来的？它藏了什么意思？要知道答案，先来了解这句话的出处。

约一千八百年前，魏国的曹丕（pī）、吴国的孙权、蜀汉的刘备，都相继称帝。根据《三国演义》记载，曹操死，魏国的曹丕继承大权后，想起当太子时，弟弟曹植表现杰出，父亲差一点儿让曹植当继承人的事，为了永绝后患，就想找个机会把曹植害死。

曹植是一位大诗人。后来的人说：“天下如果有一石（十斗）的文才，曹植占了八斗。”因此后来对才华高的人，就称赞他“才高八斗”。

曹丕在朝廷上要曹植走七步，作出一首诗。曹植才思灵敏，走不到七步就作出。曹丕再以“兄弟”为题，要曹植继续作诗，诗中不可以有“兄弟”二字，否则处死。曹植被逼，略微思索，就作出下列的诗：

七步诗

［三国·魏］曹植

煮豆持作羹，
漉菽以为汁。
萁在釜下燃，
豆在釜中泣。
本自同根生，
相煎何太急？

诗中的“持”是用来的意思；“羹”（gēng）是一种糊状食物；“漉”（lù）是过滤；“菽”（shū）是豆；“萁”（qí）是豆茎，可当柴火；“釜”（fǔ）就是古时的锅。

曹植接到哥哥曹丕的题目后，想要表达哥哥逼迫弟弟、弟弟痛苦得受不了的心声。他运用联想，以煮豆子作比：弟弟是热锅中的豆子，把豆子的残渣滤出，留下用来做羹的豆汁；哥哥是正当柴火烧的豆茎。锅子里的豆子被热火烧得泣叫说：我们是同一条根长出来的，难道要急切地相互迫害吗？

曹丕也是一位有名的文学家，写过一篇很有名的《典论·论文》，他当然听得懂弟弟诗中的言外之意，也确实被弟弟的诗感动，就打消了杀曹植的念头。

曹植能在走不完七步的短时间里，写出这样动人的诗，可见他真的是“才高八斗”。

“本自同根生”的句子，就是由曹植的诗来的，现在以“同根生”来表示兄弟间感情的密切。

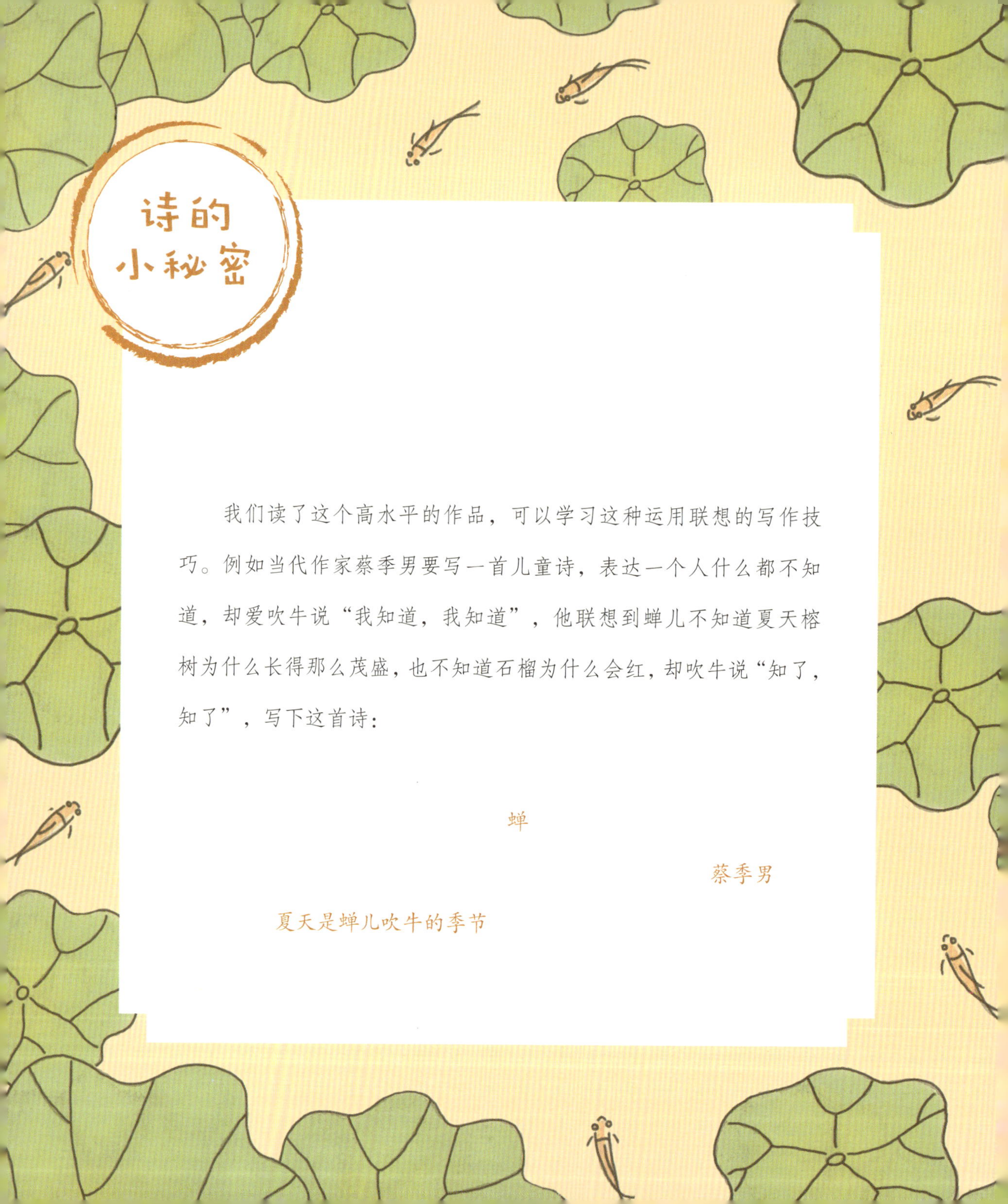

诗的小秘密

我们读了这个高水平的作品，可以学习这种运用联想的写作技巧。例如当代作家蔡季男要写一首儿童诗，表达一个人什么都不知道，却爱吹牛说“我知道，我知道”，他联想到蝉儿不知道夏天榕树为什么长得那么茂盛，也不知道石榴为什么会红，却吹牛说“知了，知了”，写下这首诗：

蝉

蔡季男

夏天是蝉儿吹牛的季节

它不知道榕树公公为什么要撑起一把大绿伞

它不知道石榴姊姊

为什么会穿上小红衫

却站在高高的树梢大叫

知了知了

㉕ 朱熹的观书有感在写什么？

宋朝有一位名叫朱熹的大学者兼诗人，他在读完一本书后心有所感，想要写诗告诉后人读书的好处。如果把诗写成这样：

书是知识的宝库，
书是智慧的泉源。
读书可增进智慧，
读书可辨别是非。

诗的意思很清楚，但不会感动人。朱熹用象征的方法，虚拟了一个情境，写了两首《观书有感》，一直受到大家的赞赏。其中的一首是这样的：

观书有感

［宋］朱熹

半亩方塘一鉴开，

天光云影共徘徊。

问渠那得清如许？

为有源头活水来。

这首诗不但内容好，有哲理的趣味，而且富有艺术特色。全诗的表面意思是说：半亩见方的小池塘，清澈得像一面打开的镜子，可以倒映出池塘上空徘徊的天光和云影。请问池水怎么能这样清澈呢？原来池塘的水是有源头的，它是流动的水，不是死水。

诗中“半亩方塘一鉴开，天光云影共徘徊”，除了上述的表面意思外，深入探讨，这两句话包含了许多寓意。“半亩方塘”本来指很小的池塘，在这里象征读书人的心灵。小池塘的水常常是浅的、浊的、不流动的，这就像还没有读过圣贤书的人，常常是见识狭小、思想闭塞的。“一鉴开”

本来指从镜匣（xiá）中拿出来的镜子，可以清楚、明亮地映出物品的形象来，现在暗示看了圣贤书后，见识广博了。

“天光云影共徘徊”表面是说镜子可以倒映出池塘上空徘徊的天光和云影。深入探讨，天光、云影是人们喜爱的自然美景，这儿暗示打开书，可以看到书中的丰富内容；另外，天光也可以象征真理、善事，云影象征虚伪、恶事，暗示读了圣贤书后，可以分辨世间的是非善恶。

“问渠那得清如许？为有源头活水来。”“渠”是代词，表面是指池塘。深入探讨，“渠”指读书人，“源头活水”指书本的知识。那（nǎ）通“哪”。前句的意思是问读了圣贤书的人：“请问你为什么能辨别是非善恶呢？”读书的人回答说：“因为我读了圣贤书，得到许多知识，领悟了做人处世的道理。”

朱熹用象征的手法写诗，说明读书的好处，要人多读圣贤书。圣贤书读多了，自然能了解万事万物的道理。

朱熹的《观书有感》共有两首。第一首已分析于前，全诗用象征手法，写出了读书的重要和益处，富有含蓄、委婉的艺术特色。

第二首诗是这样的：

昨夜江边春水生，
艨艟巨舰一毛轻。
向来枉费推移力，
此日中流自在行。

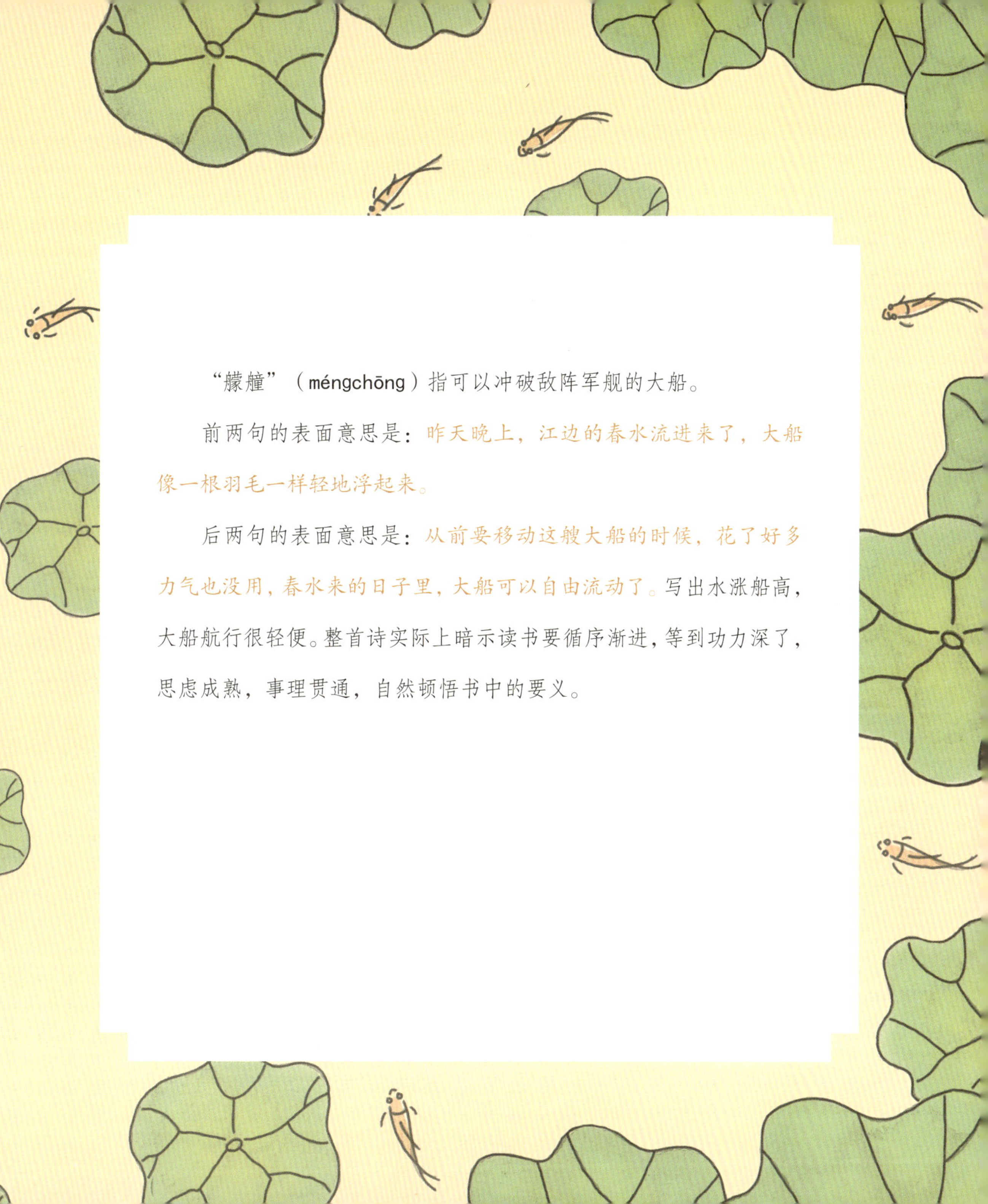

“艨艟”（méngchōng）指可以冲破敌阵军舰的大船。

前两句的表面意思是：昨天晚上，江边的春水流进来了，大船像一根羽毛一样轻地浮起来。

后两句的表面意思是：从前要移动这艘大船的时候，花了好多力气也没用，春水来的日子里，大船可以自由流动了。写出水涨船高，大船航行很轻便。整首诗实际上暗示读书要循序渐进，等到功力深了，思虑成熟，事理贯通，自然顿悟书中的要义。

㉖杨万里的桂源铺藏了什么秘密？

杨万里是宋朝人，他一生主张抵抗金兵，跟范成大、陆游等人被称为南宋中兴诗人。他的诗，常借外界类似的事物来书写心中的感受，例如他的《桂源铺》。

桂源铺

［宋］杨万里

万山不许一溪奔，
拦得溪声日夜喧。
到得前头山脚尽，
堂堂溪水出前村。

这首诗用字浅显，没什么深奥的词。诗的表面意思是说，万山不准许山谷下的溪水流出去，它们一再阻挡，使得溪水不管白天或晚上，都发出喧哗的声音。被拦的溪水并没有停下脚步，它还是往前流，终于脱离万山的拦截，流到山脚的尽头，堂堂正正出了前村。

万山和溪水都是没有生命的，杨万里采用拟人的修辞方法，让山去阻拦溪水，让溪水不肯屈服，仍要往前流。诗中写溪水不肯屈服于万山的阻挡，仍要流出去，这是告诉我们，人生有种种的困境和苦难，我们应该努力突破重围，寻得出路。

作者要表达的是一个有才气、有见识的人，在寻找出路的时候，受到外在的阻挠和打压，自然会发出牢骚、不满的心声，但只要他无畏围剿和困境，努力前进，最后也必定会昂然出头。

诗中只写形象，暗含说理，有委婉、含蓄的特色，读来非常有味。

这首诗还可以让我们体会到，人生在奋斗的过程中，有种种的困境和苦难，怎样突破重围、找到出路，这是有才气、有抱负的人应该关注的大事。

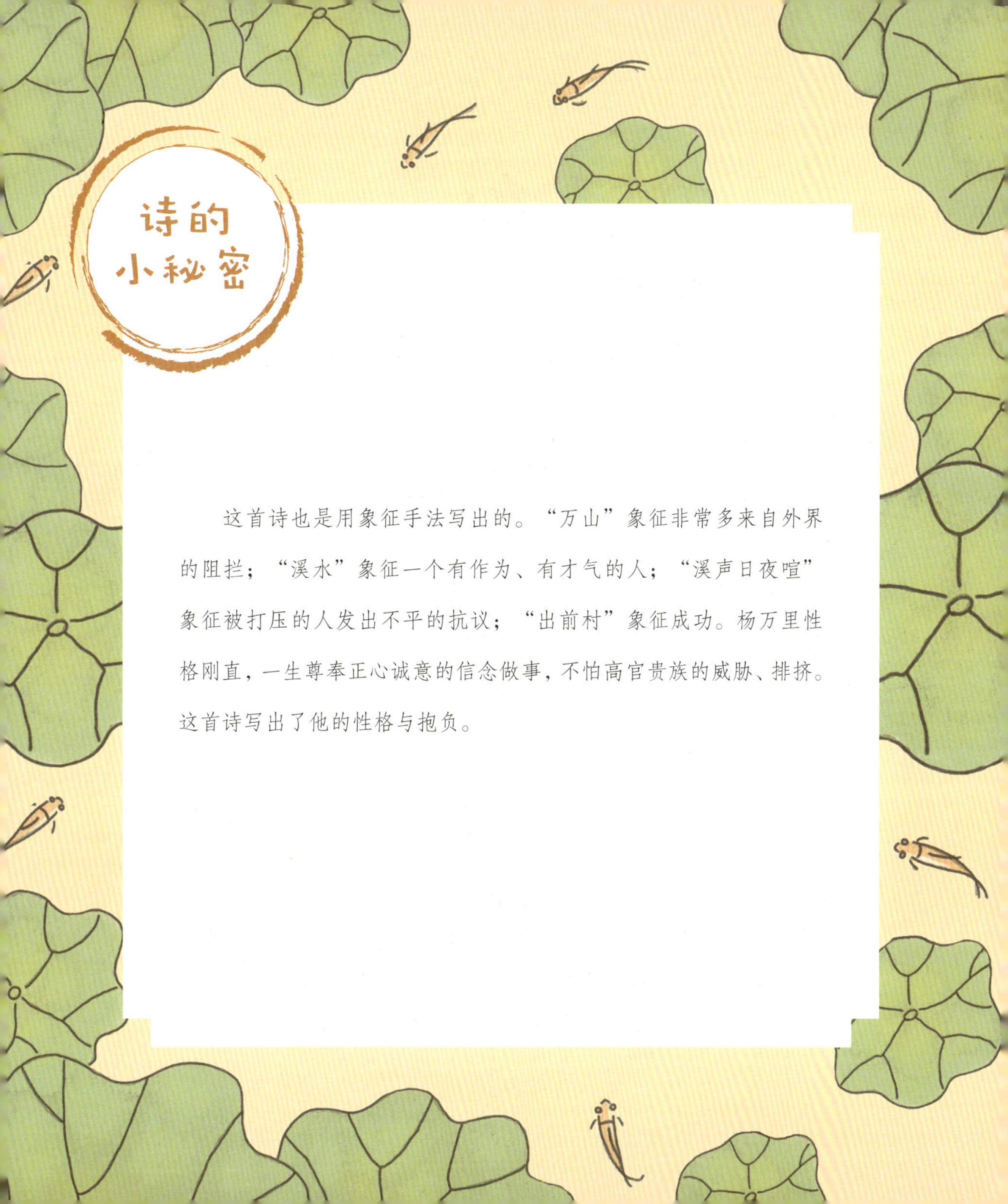

诗的小秘密

这首诗也是用象征手法写出的。“万山”象征非常多来自外界的阻拦；“溪水”象征一个有作为、有才气的人；“溪声日夜喧”象征被打压的人发出不平的抗议；“出前村”象征成功。杨万里性格刚直，一生尊奉正心诚意的信念做事，不怕高官贵族的威胁、排挤。这首诗写出了他的性格与抱负。

㉗ 为什么娶亲时要唱桃夭？

桃　夭

《诗经·周南》

桃之夭夭，灼灼其华。
之子于归，宜其室家。

桃之夭夭，有蕡其实。
之子于归，宜其家室。

桃之夭夭，其叶蓁蓁。
之子于归，宜其家人。

古时候在娶亲的婚礼上，都要吟唱《桃夭（yāo）》。为什么婚礼中要吟唱这首诗呢？

《桃夭》出自《诗经·周南》。这是一首称赞新娘子美丽、祝福她有个幸福、美满家庭的诗。全诗共分三章。

桃之夭夭，灼灼其华。

之子于归，宜其室家。

第一章以新长的桃树有鲜艳的桃花，比喻新娘子有美丽的外表，并祝福她带给婆家和乐。其中“桃之夭夭”的“夭夭”形容桃树茂盛。“灼灼其华”的“灼（zhuó）灼”形容桃花盛开，一片火红鲜明的色彩；“华”是“花”的古字。“之子于归”的“之”是这，“子”指女子，“于”是往，“归”指女子出嫁。全句的意思是：这个女子出嫁。“宜其室家”的“宜”是适宜，也就是能和乐相处；“室家”指的是夫妇或家庭。

全章大意是：桃树长得多么美好，花儿开得多么俏丽。这个姑娘就要出嫁，带给家庭和乐安好。

桃之夭夭，有蕡其实。
之子于归，宜其家室。

第二章以桃树有肥大的果实，比喻新娘子成熟了，有美好的品德，并祝福她夫妻和乐、家庭幸福。其中“蕡”（fén）指桃果的硕大；“家室”也就是室家，为了跟“实”字押韵而颠倒词序。

这一章的大意是：桃树长得多么美好，果实结得多么肥硕。这位姑娘就要出嫁，带给家庭幸福美满。

桃之夭夭，其叶蓁蓁。
之子于归，宜其家人。

第三章以桃树有茂盛的叶子，比喻新娘子将来可以生一群孩子，并祝福她全族繁荣幸福。其中“蓁（zhēn）蓁”就是树叶茂盛的意思。

全章大意是：桃树长得多么美好，叶儿生得多么茂盛。这位姑娘就要出嫁，带给家族繁荣好兆。

诗的小秘密

这首诗有许多特色。第一，以鲜艳的桃花比喻新娘的美貌，以硕大的桃果比喻新娘成熟、有美德，以繁茂的桃叶比喻新娘可以使子孙满堂。桃花、桃果、桃叶的比喻，形象生动，语意委婉有味。其次，采用叠字（如：夭夭、灼灼、蓁蓁）的修辞方法，语句在有规律又有变化的反复中，产生了热闹的效果，增加了婚礼的喜悦气氛。另外，称赞新娘子不但有艳如桃花的外表美，也有宜室宜家的内在美。

以上三点，就是为什么古时候在娶亲的婚礼上要吟唱这首《桃夭》。

㉘ 为什么娶亲时也唱关雎？

古时候在娶亲的婚礼上，除了吟唱《桃夭》以外，也吟唱《关雎》。为什么要吟唱这首诗呢？我们可以从这首诗的内容得到答案。

关　雎

《诗经·周南》

关关雎鸠，在河之洲。
窈窕淑女，君子好逑。

参差荇菜，左右流之。
窈窕淑女，寤寐求之。

求之不得，寤寐思服。
悠哉悠哉，辗转反侧。

参差荇菜，左右采之。
窈窕淑女，琴瑟友之。

参差荇菜，左右芼之。
窈窕淑女，钟鼓乐之。

《关雎》是《诗经》里的第一首诗，它是借着在水边采野菜，描写男子追求女子的诗。孔子称赞它“乐而不淫，哀而不伤”，意思是叙述快乐或悲伤都恰到好处，不过分。其实这一首诗还可以带给我们许多启示。这首诗可分为五章，我们先来看第一章：

关关雎鸠，在河之洲。
窈窕淑女，君子好逑。

诗中“关关”描写雎鸠（jūjiū）鸟的叫声；“洲”是水中的沙丘；“窈窕”（yǎotiǎo）形容女子的美好；“君子”是指有才学、有品德的男人；“好逑”（hǎoqiú）是指好配偶。

全章的大意是：睢鸠鸟在河中的沙丘上“关关”地对唱着。令人想到美丽、善良的姑娘，才是好男人的求婚对象。

这是全诗的总纲，叙述好男人应该找好女人作为结婚对象，不应随便拈花惹草。

再来看第二、第三章：

参差荇菜，左右流之。
窈窕淑女，寤寐求之。

求之不得，寤寐思服。
悠哉悠哉，辗转反侧。

诗中“参差”指长短不齐；“荇（xìng）菜”是生在水边的植物，叶子可以吃；“寤寐”（wùmèi）的“寤”是睡醒，“寐”是睡着；“服”是思念；“辗转反侧”是指在床上翻来覆去。

这两章的大意是：长长短短的荇菜，随着水流一会儿漂左，一会儿漂右。心目中的好姑娘也像荇菜忽左忽右（按：似愿意接受，又不愿意，好姑娘也要为自己的一生幸福考虑），使得君子不放心，连梦里也得追求。追求却追求不到，日日夜夜思念。长长的夜晚，翻来覆去总没办法入睡。

这两章写的是君子追求不到淑女的失望和痛苦。追求不到所喜爱的人要怎么办？君子不是采用抢婚法、自杀法，而是检讨失败的原因并打听对方的爱好，想办法获得她的芳心。因此第四章写的就是君子怎样改变方式，接近心上人：

参差荇菜，左右采之。
窈窕淑女，琴瑟友之。

“琴”和“瑟”（sè）都是乐器。全章大意是：长长短短的荇菜，随着水流一会儿漂左，一会儿漂右，采荇菜的人在水中也或左或右地采摘它。君子为了追求心目中的好姑娘，也因姑娘喜爱音乐而弹琴鼓瑟来亲近她。

姑娘心动了，君子应该如何进一步追求呢？第五章写的就是君子想要赶快得到她的欢心：

参差荇菜，左右芼之。

窈窕淑女，钟鼓乐之。

“芼”（mào）是挑选的意思。全章大意是：长长短短的荇菜，随着水流飘左飘右，采荇菜的人在水中也或左或右地挑选。君子为了追求心目中的好姑娘，也顺着情势的发展，敲钟击鼓来娱乐她。

诗的小秘密

这首诗写出了古代好男人以决定目标、遇挫不馁、改进方法、珍惜成果等方法追求好女人，也启发我们做任何事情，只要把握这四个要领，必能成功。因此古时候在娶亲的婚礼上也要吟唱《关雎》。